贾平凹小说精读书系

美穴地

贾平凹 著

陕西师范大学出版总社 西安

图书代号　WX24N0880

图书在版编目（CIP）数据

美穴地 / 贾平凹著. -- 西安：陕西师范大学出版总社有限公司，2024．7. --（贾平凹小说精读书系）.
ISBN 978-7-5695-4502-9

Ⅰ. I247.5
中国国家版本馆CIP数据核字第 2024GL7547 号

美穴地

MEI XUE DI

贾平凹　著

出版统筹	刘东风	
责任编辑	宋媛媛	
责任校对	彭　燕	
封面设计	周伟伟	
出版发行	陕西师范大学出版总社	
	（西安市长安南路199号　邮编710062）	
网　　址	http://www.snupg.com	
印　　刷	陕西龙山海天艺术印务有限公司	
开　　本	787 mm×1092 mm　1/32	
印　　张	3.75	
插　　页	4	
字　　数	60千	
版　　次	2024年7月第1版	
印　　次	2024年7月第1次印刷	
书　　号	ISBN 978-7-5695-4502-9	
定　　价	45.00元	

读者购书、书店添货或发现印刷装订问题，请与本公司营销部联系、调换。
电话：（029）85307864　85303629　传真：（029）85303879

目录

美穴地 / 001

我们的时代和作家的命运 / 079

好的文学语言 / 099

贾平凹小传 / 113

美穴地

柳子言给姚家踏坟地是苟百都的一顿烂酒后的多嘴惹下的。苟百都使威风，呼啦着漂白褂子，一进门鞋就踢脱了仰在躺椅上说，柳哥，你来钱主儿了，北宽坪的掌柜请你哩！柳子言说，他咋知道我，八十里的路我不去。苟百都一边拔根胸毛吹着一边嘿嘿地笑了："掌柜不晓得你，苟百都却知道你呢。我带了一头驴子一条绳，你先生是坐驴子还是背绳呀？"驴子在门前土场上烟遮雾罩地打滚，苟百都一扬手，腰间的一盘麻绳嗖地上了梁，再扯下来，陈年尘灰黑雪似的落了柳子言一头。

柳子言就这么跟着苟百都走了。

穿过房廊，金链锁梅的格窗内，四个长袍马褂在八仙桌上坐喝，他们斜睨着柳子言，便把一口浓痰从窗格中飞弹出来了。柳子言耸耸肩上的褡裢，将鞋窠里垫脚的沙石倒掉，笑笑的，看鸡啄下浓痰，微醉起来，趔趔趄趄绞着碎步。四月的太阳普照。苟百都已经进里屋去禀告了许久时间还不出来。空中飘落下一根羽毛，是鹰的羽毛，要飘到面前了却倏忽翻了墙去，廊头的一只狗随之大吠了。柳子言打也不是，不打也不是，里屋门里便有一声叫道："让我瞧瞧，来的又是哪一路先生？"声音细脆尖锐，柳子言想，老树一样的财东还有这嫩骨朵儿女儿？遂一朵粉云飘至台阶，天陡然也粉亮了。眉目未待看清，锥锥之声又起："光脸犊子！你真能踏了风水？"酒桌上的长袍短褂立时噤了拳令，重又乜视了柳子言，说句："该是庙会上唱情歌的阿哥吧！"哄然爆笑。柳子言脸涨红了。柳子言的脸不是为谑笑而红，倒是被这女人镇住，女人的目光罩住他如突然从天而降在面前的太阳，乍长乍短的光芒蜇得难以睁眼，一时自惭形秽站不稳了。掌柜在内室喊："让先生进来！"狗还在咬，柳子言走不过去，苟百都再唬也唬不住，女人说："虎儿！"腿一叉已将恶物夹在腿缝，柳子言同时感觉到了后脖子有一点凉凉的东西，摸下来是一片嚼湿了的瓜子皮儿，女人很狐地丢过来了一个笑眼。

掌柜在烟灯下问候柳子言，说百都夸你大本事，姚某就把你请到了，姚家上下都是善人，踏出吉地有重谢，踏不出吉地也有小谢。话说得妥帖温暖，柳子言就谦虚着，晚辈没有本事，但会尽力而为。"有多大的虮子出多大的虱吧。"掌柜也笑了，要苟百都陪先生到后厅单独吃酒去，柳子言身不胜酒，摆手谢免，掌柜就欠起身把烟灯推过来，柳子言也是不抽。风吹动了门帘，玻璃脆儿的帘钩叮叮当当作响，帘下出现了一只穿着窄窄弓弓白鞋的小脚。柳子言知道掌柜的女儿站在了那里，他准备着女人要来了，但那鞋尖蠕动了几下却始终没有走进。苟百都后来就领着柳子言从后门出来往坡根去了。

柳子言转遍了后坡寻找龙居，几次觉得后脖子似乎还在发痒，痴一会儿呆，随之拿手拧脸，骂一句"荒唐"，小跑着上坎下垌把自己弄得气喘咻咻起来。苟百都一边提鞋跟一边骂："你是鬼抬轿了？！你不抽烟，你也该讨个泡儿给我呀！你算×男人，驴子都在后腿根别个烟具，你倒不会抽烟？！"柳子言坐在了一个土峁下，说："太阳还没落，你去接掌柜来，吉穴就在这儿了！"西边山一片红霞，掌柜来了。柳子言放着罗盘定方位，遥指山峁远处河之对岸有一平梁为案，案左一峰如帽，案右一山若笔，案前相对两个石质圆峁，一可作鼓一可作镲，此是喜庆出官之象。再观穴居靠后的坡峁，一起一伏大倾小跌活动摆褶屈曲悠扬势如浪涌，好个真龙形势！且四围八方龙奴从之，后者有送有托有乐，前者有朝有应有对，环抱过前有缠，奔走相揖有迎，方圆数百里地还未见过此穴这等威风！淫浸到地理学问中的柳子言此一刻得意忘形，口若悬河，脚尖划出穴位四角让下木楔。北角第一楔却打不下去，刨开土看，土下竟有一楔，又下南角楔，南角土下又是木楔。四角如是。掌柜哈哈大笑了："柳先生真是好身手，不瞒你说，我已请四位高手七天踏出此穴，请你来就是再投合投合的，这里果然是吉穴了！"柳子言却一下子坐在地上，后怕得一身冷汗都湿漉漉了。

夜里，苟百都在厢房里给柳子言铺床展被，柳子言骂："苟百都，贼，你好赖认识我的，怎不透风是要我来投穴，你成心要捣我一碗饭吗？！"苟百都说："柳哥，妈的×没良心，这不是更显摆了你的本事吗？算我瞒了你，我请你客！"便一掌推开后窗，推出了一黑乎乎世界来，顿时有猫在叫春，谁家的尿桶里女人在小便，声散而漫长，一盏灯幽幽地从小而大了，幽幽着"回来哟，回来哟……"柳子言便听着苟百都对着那里问话了：

　　"喂，谁个？"

　　"我。他苟叔呀！"

　　"西门家的！这般黑了你是来踏掌柜的溜子吗？"

　　"爷！话可不敢这么说，孩子烧得火炭样地烫，我来叫叫魂呀！"

　　"你两口耍活龙蹬了被子把孩子凉了吧？掌柜今日踏坟地，你家不送礼吗？"

　　"哎哟，真是不知道呀，我明日灌二升小米过来吧。"

"有心就是。我给掌柜圆场，小米就留给孩子吃吧，你过会捉只鸡来应付一下作罢。"

"实在谢你了，他苟叔！"

"不谢。我在这儿等着，来了敲窗子！"苟百都收回头往墙角架柴火了。火燃起来，窗子果然被敲响，苟百都扑啦啦丢回一只鸡来连嚷柳子言好口福是个母鸡哩！合窗时却又探头出去，问西门家的你手里还拿着什么。西门家的回说这鸡近日怪势，白天不下蛋偏在晚上下，刚才路上就把一颗屙下来了。苟百都便变了脸，说："鸡已经是掌柜家的了，你怎敢就拿掌柜的鸡蛋？递过来！"递过来就在窗台上磕了，一口吸干。

鸡并没有杀脖开膛，活活拔毛，屁眼上捅根铁条就架烤到火上了。苟百都一边说鸡还叫唤着什么呀，一边抓了盐往流油的鸡身上撒，嚷道："好香，好香！"后来就撕下一条腿给柳子言。突然门哐啷推开，风把墙窝子的灯扑灭："好呀，百都，又杀谁家的狗偷吃？！"柳子言立即听出是谁来了，吓得一口吐了鸡肉，退身到柴火黑影处。

苟百都嘿嘿笑着："四姨太，我知道你会闻香来的。一条腿正给你留着，牙签也给你预备了的！"

黑影里的柳子言终于看清了火光涂镀了的女人的俏样，但他吃惊的是这女人竟不是掌柜女儿！四姨太，有这么年轻的四姨太吗？

四姨太伸手去接苟百都递过来的鸡肉时，发现了柳子言，女人的眉尖一挑，遂平静了脸道："哟，先生也偷吃嘴儿！偷着吃香吗？"柳子言好窘，女人偏死眼儿看他，"北宽坪的人人都是单眼皮，柳先生倒是双眼皮！先生吃肉，也不让让我吗？"

柳子言便说："四姨太你吃！"

"好，我吃你的肉！"女人把柳子言的鸡腿接过咬一口，嘴唇唰唰地翘开。柳子言说："太烫的。"女人说："我怕揩了口红哩。口红还在吗？"嘴更唰起来，红圆如樱桃。

这一宵，柳子言没有睡好。一贯沉静安稳的先生感觉到了浑身燥热。兀自地翻来覆去睡不着，唠唠叨叨的苟百都由鸡肉叙谈起他的食史，吃过了除掸灰掸子外的长毛的飞禽，也吃过了除凳子外的生腿的走兽。"你吃过吗？"他没有吃过，睁眼看着又点亮的一盏燃着独股灯芯的矮灯檠，柳子言的心如同墙壁上的灯影一样晃乱了迷离的图景。如果在往常的柳子言，白日在驴背上颠簸八十里，又在北宽坪的后坡跑动一个后晌所构成的疲倦，一捱上枕头就睡着要如死去，不想现在却回想起了八岁的孤儿跟随师父在玄武山上学艺的情形，想起了这么多年每日为人踏勘风水的生涯，不该走的路也走了，不应见的人也见了，人生真是说不来的奇妙。便是今日的事情，当初怎么被苟百都知道了自己，要挟而来，竟认识了北宽坪财名远播的掌柜和他的四姨太，一个怎样艳丽的美妇啊。

一提起美艳的四姨太，柳子言耳膜里，就消灭不了女人尖尖锥锥的调笑，只有小孩子才会有的放肆出现在大户人家少妇之口，别有了一种的大方，甚至是浪荡，以致使少年热情的柳子言就如在一块林中新垦的沃土上，蓦地撞着了一只可人的小兽。为了他，女人在台阶上把狗扼伏胯下，身子在那一刻向一旁倾去，支撑了重量的一条腿紧绷若弓，动作是多么的优美。为了保持身子的平衡，另一条腿款款从膝盖处向后微屈着的，胳膊凌空下垂的姿势，把一领缀满了红的小朵梅花的白绸旗袍，恰恰裹紧了臀部，隐隐约约窥得小腿以下一溜乳白的肌肤，且一侧着地将鞋半卸落了，露出了似乎无力而实则用劲的后脚。是的，这样素洁的肥而不胖的一只美脚，曾经又在门帘下露出一点鞋尖，柳子言能想象出那平绣了一朵桃花的几乎要鲜活起来的鞋窠里，一节节细嫩的五根指头和玉片一样的趾甲了。

对于柳子言，这无疑是一种不可思议的奇迹，他从未见过一个鹤首鸡皮的老头娶得如此鲜嫩的年少妇人，且又是他第一回一见而心跳不已。后脖子又酥地一下痒了，一片被女人香唾嚼湿的瓜子皮永远使那一块皮肉知觉活跃，这时候的柳子言不免又想起了初黑天时一句男人倒长双眼皮的赞语。这样的话，柳子言可以在每一处地方差不多听到，皆觉无聊之风，过耳即消，唯这一次经这女人说过了，那一时手脚无措，鼻尖上都沁出汗来。现在回想，那是多么憨傻的一副村相哪！也是确确实实的事，以自己英俊的面孔，高出一般内行人的堪舆本事，蛮能得到一位人物整齐的妻子长相厮伴。但走南过北的柳子言至今一把锁封了家门，日日背着装罗盘的褡裢流浪了。如果从小就窝在家里种地牧牛什么也没见过，独身也就安心独身，而如今经见了万千世事，又偏偏目睹了一个枯老头的妙龄姨太，柳子言恨起这巧讨饭一般的风水家技艺，而苍苍茫茫地一声浩叹了。

噗地一口吹灭灯盏，柳子言不忍在若即若离的灯芯光焰中淫浸往事，坠入幽深的黑暗。但院中的狗还在咬，遂听见一声"虎儿"，接着有一串细微的金属丁零的音响，柳子言不觉屏息而静，双眉之上的额心像要生出一只眼来也似透视了院中的一切。女人已经是换了一件圆领的晚服短衫吧，那短衫使女人别有了一种与白日不同的柔媚，情致婉转，将粉颈根两块突凸的锁骨微微暴露，女性的美艳皆如四姨太这一类，该肥的胸部和臀部浑圆，该瘦的后脊和两肋则包骨不枯。她牵着狗的铁绳走过，铁绳使她柔不胜力，牵住一头其余软软拖地，一径经过了公公病瘫卧床的窗下，经过了吃斋的婆婆诵着祷告之声的经房，然后就歇息睡到掌柜的床上去吗？真的，一双褪了脚足的红尖白鞋，在床下是怎样的一对停泊了的小小船舟，送去了一枝带露淋淋的花朵偎长于一根已朽腐的枯木边了。

这般想着的柳子言陡然睁圆了眼睛，脱口在黑暗中说："苟百都，你家的四姨太好风流！"

"世上的好女人都叫狗×了！"苟百都全然未睡，似乎正被一种事情所愤怒着，"你也想着四姨太呀？！"

一句话破坏了所有的美妙遐想，柳子言后悔着叫起这粗俗丑恶的下人。苟百都却连连砸着火镰，要点灯，火石爆溅着细碎的光花，在反复明灭的灿烂里，柳子言看见了掀被而坐的赤条条的苟百都和苟百都两腿之间挺硬的一柄恶根，他把头别转了。苟百都说："把纸媒递我，纸媒在你床头墙窝里！"柳子言没有去摸纸媒，说声："给！"将一团火绳扔过去却故意失手把灯檠哐啷打翻了。苟百都骂了一句，摔了火镰，却说起掌柜怎样地不行，吃人参鹿茸也不行，夜里只拍着四姨太的屁股光说是好东西，四姨太就不止一次地在那松皮脸上抓下血印，养了"虎儿"靠"虎儿"了。"柳哥，你信不信？"柳子言不作声。"反正我是信的！"苟百都咽了一口唾沫，"咱行的，可咱不如一条狗么！"

柳子言不愿再听下去，发出了悠长的鼾声。苟百都说："不说了不说了，柳哥，你试试，用席篾儿掏掏耳朵，下头那东西就不想她了。不想了！你是踏坟地的，坟地真能起了作用吗？"

柳子言说："不起作用，掌柜能请这么多人来？"

苟百都说："四个先生踏的穴，你一来踏的还是那个，这么说姚家的坟地是最好的了？"

"最好。"

"还有好的吗？"

"有是有，北宽坪怕也没有再胜过的了。"

"妈的，那他姚家世世代代要做财东，要×好女人了？！"

　　天明，柳子言起得早，站在院子里仰头看一棵枣树。四月里的叶芽长得好快，生着刺的，硬着折弯的枝柯，把天空毛茸茸地割裂开了。四姨太抱着两床绿被往廊前的绳上晾，轻轻就咳嗽一下，柳子言一转头，绿被与绿被之间恰恰地露一副白脸正笑着看他，这景象在柳子言的感觉中妙不可言，想到了荷塘里的出水芙蓉，兀自地发呆了。女人说："先生起得早呀！"柳子言便说："四姨太也起得早！"女人从被子下钻过来，抱怨着掌柜微明送那些风水老先生，顺路又要去前村的铺子里收取些银圆，害得她也没瞌睡了。"先生看枣树看了那么久，枣树上有花吗？"女人已经站在柳子言的身边了，并没有看枣树，却看柳子言的脸。柳子言慌了，竭力饰其中机，不敢苟笑，说："瞧，枣树上有一颗枣哩！"枣树梢是有一颗去年的陈枣，虽有些瘪，却经了一冬一春的霜露更深红可爱，女人也就瞧见了。

"我要那颗枣哩！"女人突然说。

柳子言摇了一下树，天乱了，枣没有落下来。

"我要哩！你给我摘下来么！"女人仍在说。

面对着同龄的已经噘了嘴撒娇的四姨太，柳子言，也忘记了被雇请来的手艺人的身份，忽地鼓足了勇气，一跃身抓住了树枝，一只手扯着一只手竭力去摘干枣，将一颗在满掌扎着硬刺手心中的枣儿伸到女人面前。女人却没有去取，喜欢地说："你真老实！"喘笑着竟往厅房去了。

一时间，柳子言窘起来，女人已上了台阶，回身向他招手："傻猫，你不来挑挑刺吗？"脖脸仍窘烧不退。遂走到厅房，却不见了女人，兀自用牙咬着拔掌上的刺，无法拔净，女人却又在东边的小房里轻唤："进来呀！"柳子言再走过去，一挑帘子，房内的窗布并没拉开，光线暗淡，幽香浮动，女人竟已侧卧于床上，靠的是一垒两个菱叶花边的丝绵枕头，身子细软起伏，拥上去的月白色旗袍下露着修长如锥的两条白腿。柳子言的胸中立时有一只小鹿在撞了，欲往外退。女人说："不挑刺了吗？""我已经拔出了。""是吗？"女人翻身下来，拉柳子言于床沿坐了。"先生不用我的针了，我可得求先生事哩。你识得阴阳，一定也会医道的，你凭凭脉，这夜里总是睡不稳呀！"一只手就伸来平平停放在柳子言的膝上了。柳子言何尝识得病理，听了女人的话，不知怎的，竟也伸出三枚指头扼按了女人的玉腕。是的，女人的脉在汩汩跳着，柳子言的三枚指头跳得更厉害，如此近地挨靠着女人且扼按了人家的手！柳子言如果真会凭脉，脉象里的强弱沉浮能告知女人夜里睡不稳，害的是和自己昨晚一样的心思吗？是一样的心思了，该要说些什么样的话语，透出心迹呢？但是，但是，或许这女人真的有病，是诚恳在请教着一个医家郎中呢，柳子言后悔了不懂装懂，柳子言的手现在是再也取不下来，一瞑目，深自痛恨起来了。为什么有了这样的对于四姨太不经的妄念呢？自己对医药常理一窍不通，却要将一夜的痴恋发展到这步举动来作伪行骗，这不是很可卑的吗？紧张得出了热汗又自悔的柳子言这么想，又为自己的检点发生了疑问。看见了一个美妇人而生爱恋，这爱恋又是他人生第一次萌发，这当然算不了什么可卑，如果见了美艳的女人冷若冰霜心如死灰，柳子言就不是今日一身堪舆本事，是一截木头一块石头了。既然女人的玉腕已在怀中扼按，不识凭脉，也得像模像样地凭一次脉了。柳子言终于心静下来，感觉到了女人的脉正和自己的脉同一节奏地跳跃，为了庄重起见，他侧勾了脑袋。但控制住的思维在不久就又恍惚出游，头虽没有抬，却知道女人一眼一眼瞧着他，而窗布关不住的一格细缝里透进了一道初出的太阳，使万千的微物一齐在其中活活飞动，同时衬映出了女人脸上的一层茸茸细毛所虚化的灵晕般的轮廓。这时候，一只小鼠从房角的什么地方溜出来，作了一个静伏欲扑的姿势，遂钻过门槛不见了。柳子言不知怎么说出了一句："有猫吗？"

"毛？"女人轻轻地惊了一下，明显地被平放在那里凭脉的手在骤然间发胀了。柳子言抬起头来，看见女人一脸羞红地说："不多……稀稀几根。"

柳子言立即明白了女人的误会，暗暗叫苦了，怎么能提问这些无聊的话呢？女人在不得已回答了提问而要认定自己将是多么淫邪呀！凭着感觉，女人是喜欢了自己，起码可以说并不讨厌，方在没人干扰的空房里能让他凭脉，一旦认定了淫邪而反目，岂不同这可爱的女人连话也说不成了吗？柳子言赶忙解释："我，我……"女人却在羞红脸面的瞬间被另一种东西所刺激，被凭脉的手握成了一个小小的软拳捶在他的肩上，喘笑道："你这是什么先生？你这是什么先生？"拢在头上还未完全梳理好的一堆乌发就扑撒而下，摩抚了柳子言的额角和一只眼，以致在一副软体失却了平衡倒过来的时候，柳子言一揽胳膊，女人已在怀里了。

突如其来的变化，不期然而然，柳子言如梦中从高崖纵身跳下，巨大的轰鸣使心脏倏忽停息了，他疑惑着这是不是现实，又一次注视了在怀中已微闭了眼皮而嘴唇颤动的女人，头脑里极快地闪过这女人怎么就委身于我的问题。是真的钟情了我还是个淫荡的雌儿或者更有什么阴谋而陷害我？如果在怀里的不是掌柜的女人，是普通人家的待嫁的姑娘，这一切顺理成章的事情就会有了。但自己一个被姚家雇请来的贫贱之人怎么能干这种越礼违常的事体呢？正如苟百都所说，这是个饿慌了的娘儿们，这一刻里淫情激荡，为了满足自身而要他充当一个工具，作用如同一条狗吗？坦白的仍是纯洁童子身的柳子言这么一思索，笨拙得竟不知如何来处理了这女人。再一次看着女人，女人眼睛睁开了，燃烧着火一样的光芒，樱红的口里皓齿微开，一点香舌颤抖出没，柳子言的血又重新涌脸，将刚刚闪出的思索又都粉碎了。他把女人再次搂紧，潜意识里似乎明白面对着的将是一盏鸩酒，但鸩酒的泛着嫣红颜色的美艳，使他只感到心身大渴。

柳子言把四姨太放倒在了床上，解开旗袍，女人竟根本没穿衬裤，白腻的肚皮上裹着一件艳红的裹兜。四姨太说："不要看，你不要看！"柳子言松掉了裤带，却怎么也挺不起来。女人已经蛇一般地蠕动了身子喃喃不已，柳子言还是不能成功。他满头的汗，只狠劲地用手按了一下，立即提穿了裤子一脸羞红地走出门了。

出山的太阳已经灿灿地照着了半个房廊，院中枣树上落下一只翘尾的喜鹊在欢快地叫。小房里的四姨太在砸摔着茶碗，踢倒了凳子，随之一疙瘩东西从窗子里甩出，哭声就起了。柳子言看见了那是女人的红裹兜，兜带儿已全然撕断。

贼一样回坐到厢房的柳子言，心仍跳得守不住。他怨恨着自己的无能，原来是这样一个泪蜡头的男人吗？他想，虽然并没有从肉体上接触过女人的经验，但自己并不是这样呀，且现在又是多么刚劲有力，为什么那一时竟会那样呢？柳子言细细回想着刚才的场面，便听到了狗叫，去村前河里挑水的苟百都在房廊口喊："四姨太，你拦拦你的狗呀！"他就为方才的事件后怕起来，庆幸没有成功而避开了被人撞见的危险。到了这时，柳子言又怀疑了女人大天白日主动于他是不是故意要让家人发觉而加害他，最起码要使他免去踏坟地的报酬吧。或许女人的淫心激荡后而未能满足，恼羞成怒，待掌柜回来，又会怎样地指控着他强行奸淫的罪恶呢？

挨到了苟百都叫他说掌柜召见，柳子言站在掌柜的面前坐也不敢坐。

"坐呀，"掌柜说，"你给我踏了吉地，我说过要谢你的，这些银圆够吗？"这时候，柳子言看见了八仙桌上齐齐摆了五个银圆柱儿，森森放着毫光。

柳子言心放下来，他看着掌柜桃核一样的脸，脸上读不出什么阴谋和奸诈，便知道四姨太并没有告发他。他说："我不收你的钱。能帮掌柜出些力我就满意了。"掌柜说："那怎么行？总得补补我的心意呀，那么，你看着我家的东西，看上了什么你拿一件吧！"

柳子言的意识立即又到了四姨太的身上，遗憾着自己的失败，却同时为自己被艳丽的女人钟情感到得意和幸福。那场面的每一个细节皆一齐在甜蜜的浸泡下重新浮现，将会变作一袋永远嚼不尽的干粮而让柳子言于一生的长途上享用了。这么想着，却神忽他往，不禁心里又隐隐地发痛了，一个身缠万贯的财东的女人爱上了自己，一个家穷人微的风水先生，在背后是多么放纵着痴恋，却在她的赐予面前阴暗地审视着她的不是，这不是很耻辱的事吗，很下作的事吗？唉！唉！讲究什么走州过县地见了世面，讲究什么饱肚子的地理学问，屁！忧虑，怀疑，胆怯，恐惧，再也无法弥补地辜负掉怎样的一个清新早晨啊！柳子言扭头斜视了一下旁边的小房，门帘依然垂着，那女人并没有出来。"即使她出来送我，我还有什么脸面再见她呢？"柳子言盯起阳光流溢的厅外院子，院子里的捶布石下软着一疙瘩红，是女人发泄恼恨扔掉的裹兜。他终于说了："掌柜是大财东，能到你家，我也想沾沾姚门的福气，如果掌柜应允，院子里的那块红布能送我，我好包包罗盘呢。"

掌柜在吉地上拱好双合大墓的第七天，久病卧床的姚家老爷子归天了，灵柩下埋在了墓之左宅。三年里，姚家的光景果然红盛，铺子扩充了五处，生意兴隆，洛河上的商船从南阳贩什么赚什么，北宽坪的四条大沟田畦连片，逃荒而来的下河人几乎全是姚家的佃户。逾过八年，姚母谢世，姚家又是一片孝白，双合大墓将要完全地隆顶了。

　　苟百都仍在姚家跑腿，仍是夜里不在房中放尿桶，数次起来去茅房要经过掌柜的窗下听动静，回来睡不着了，手淫下脏东西涂在墙上。姚母去世，依然要披麻戴孝的苟百都却不能守坐灵前草铺，也不可拿了烟茶躬身门首迎来送往各路来客，他是粗笨小工班头，恶声败气地着人垒灶生火，担水淘米，剥葱砸蒜。在龟兹乐人哀天怨地的唢呐声中，苟百都听出了别一种味道，为自己的命运悲伤了，他注意了站在厅台阶上看着出出进进接献祭品的四姨太，这娘儿们穿了孝愈发俏艳，他突然冒出一个念头：怎么死的不是姚掌柜呢！现在，苟百都被掌柜支派了去坟地开启寐口，苟百都实在是累得散架，但他又不能不去。背了镬头出门，经过四姨太身边，故意将唾沫涂在眼上，却要说："四姨太，你别太伤心，身子骨要紧哩！"

四姨太说："呸！苟百都，你是嫌我不哭吗？"

苟百都说："我哪里敢说四姨太？其实老太太过世，这是白喜事。再说，老爷子住了吉穴使姚家这多年暴了富，老太太再去吉穴，将来姚家的子子孙孙都要做了官哩！"

四姨太说："你个屁眼嘴，尽是喷粪，又在取笑我养不出来个儿吗？我养不出个儿来，你不是也没儿吗，要不，你儿还得服侍我的儿哩！"

苟百都噎得说不出话来，在坟地启窨口越启越气，骂姚掌柜，骂四姨太，后来骂到柳子言把吉穴踏给了姚家，又骂自己喝了酒提荐了柳子言好心没落下好报。整整半个早晨和一个晌午，一个人将双合墓的宅右门的窨口启开了，苟百都索性发了恨：姚家发财，还不是靠这好穴位了吗？你掌柜有吃有穿，老得咳嗽弹出屁来，却占个好娘儿们，还想世代代床上都有好×！一镢头竟捣向了严封着的左宅门墙，喀啦啦一阵响声，门墙倒坍，一股透骨的森气当即将他推倒，且看见那气出墓化为白色，先是指头粗的一柱直蹿上去，再是于半空中起了蘑菇状，渐渐一切皆无。苟百都死胆大，站在那里捋捋头发又走进去，那一口棺木尚完好无缺，蜘蛛则在其上结满了网，若莲花状，也有官帽状，官帽只是少了一个帽翅罢了。苟百都听人讲过，棺木上有蜘蛛或蚂蚁结网绣堆便是居了好穴，网结成什么，蚂蚁堆成什么，此家后辈就出什么业绩人物。而苟百都此时骇怕了，他明白了他是在冲散了姚家的脉气，坏了姚家世世代代作威作福的风水，禁不住手摸了一下脖子，恍惚间看见了有一日自己的头颅要被掌柜砍掉的场面。但苟百都随之却嘎嘎狂笑了："姚掌柜，姚老儿，苟百都不给你做奴了，我帮你家选的穴，我也可坏你家的风水的！"

姚家明显地开始衰败，先是东乡的染坊被土匪抢劫，再是西沟挂面店的账房被绑票，接着洛河上的商船停泊在回水湾竟不明不白起了火，一船的丝帛、大麻、土漆

焚为灰烬。掌柜怨恨这是坟地散了脉气所致，一提起苟百
都便黑血翻滚，提刀将八仙桌的每一个角都劈了。但逃得
无踪无影的苟百都再没在北宽坪露面，只是高薪请了会
"鬼八卦"的术士画符念咒，弄瞎了远在深山的苟百都的
老娘的一只眼。

　　约莫三年，正是稻子扬花时节，掌柜在为其母举办
了最后一个服孝忌日的当晚，与四姨太吵了嘴，闷在床上
抽烟土，村人急急跑来说是在村前的桃黍地堰头见着苟百
都了。苟百都一身黑柞蚕丝的软绸，金镶门牙，背着一杆
乌亮的铁枪。问："苟百都，你回来了，这么多年你到哪
儿去了？"苟百都把枪栓拉得喀啷响。问话人立即脸黄
了："噢，老苟当逛山了？！"苟百都说："你应该叫我
苟队长，唐司令封我队长了！"唐司令就是唐井，威了名
的北山白石寨大土匪，问话人赶忙说："苟队长呀，怎不
进村去？哪家拿不出酒也还有一碗鸡蛋煎水呀！"苟百都
说："我等个人。"问："等谁呀？"苟百都躁了，骂：
"你多嘴多舌要尝子弹吗？没你的事，避！"掌柜听了来

人的述说，跳起来把刀提在手里了，又兀自放下，一头的汗水就出来了。掌柜明白了铺子遭抢、商船被焚的原因，也明白了当了土匪的苟百都在村口要等的是谁了，立时脸色黑灰，拉了四姨太就走。四姨太说："我就不走，苟百都当年什么嘴脸，不信他要打我？！"掌柜翻后窗到后坡的涝池里，连身蹴在水里，露出的头上顶个葫芦瓢。直到苟百都在天黑严下来骂句"让狗日的多活几天"走了，来人方把掌柜水淋淋背回来。

又是一夜，人已经睡了，北宽坪一片狗叫。村口瞭哨的回报着苟百都又来了，是四个人四杆枪。掌柜又要逃，大门外咚地就响了一枪，苟百都已经坐在门外场畔的石磙子碾盘上。不能再逃的掌柜心倒坦然起来，换了一身新衣作寿衣，提上灯笼出来说："哪一杆子兄弟啊？哎呀，是百都贤弟！多年了，让哥哥好想死你了，你怎地走时不告哥哥一声就走了？今日是来看哥哥了！"

苟百都说："听说北宽坪来了几个螽贼，唐司令要我们来拿剿的，螽贼没害扰了掌柜吧！"

掌柜说："有苟队长护着这一带，蟊蟊贼还不吓得钻到地缝去！来来来，把兄弟们都让进屋来，今日正好进了几板烟土好过瘾呀！"

苟百都领人进了屋，还是把鞋踢脱了仰在躺椅上，急去抽那烟土，一抬眼却愣住了。四姨太从帘内出来正倚着门框，一腿斜立，一腿交叉过来脚尖着地，噗地就吐出一片嚼碎的瓜子皮儿。苟百都说："四姨太还是没变样儿！我记得今日该是老太太的三年忌日，四姨太怎没穿了更显得俏样的孝服呀？"四姨太说："百都好记性，知道老太太今日过三年？！"掌柜忙责斥女人没礼节，应给苟队长烧颗烟泡才是。四姨太仍是嚼着瓜子，款款地走近烟灯旁了，苟百都便伸手于灯影处拧女人的腿，女人一趔趄身子将点心盘子撞跌，油炸的面叶撒了一地。苟百都忙要去捡，四姨太说："沾土了，让狗吃吧！"一迭声地唤起狗来。

苟百都在女人面前失了体面，脸色就黑了，说："这虎儿还听四姨太话儿！"顺手抓过枪把狗打得脑门碎了。

枪一响，满厅药烟，姚家上下人都失声慌叫，掌柜笑道："打得好，咱们口福都来了！今晚吃狗肉喝烧酒，这狗皮你百都贤弟就拿去做了褥子吧！"

苟百都却懒懒地说："今日不拿，你让人将皮子熟了，改日送到白石寨就是。"

熟好的狗皮送去，苟百都捎回的口信是：苟百都再不要掌柜的一分一文，只想和姚家认个亲哩，如果把四姨太嫁给他，掌柜也永远是苟百都的仁哥哥。

十天后，得了红帖的苟百都真的骑了一匹披着彩带的黑马来到姚家。苟百都就把四姨太抱上马背，自己也骑上去，回头对掌柜拱拳道："仁哥哥留步吧！"四姨太却说："老当家的，我要走了，夫妻一场，你不再来给我整整头吗？"掌柜突然老泪纵横，过来要抱了四姨太痛哭，女人却一口啐在他脸上骂道："呸！老龟头，你就这么让姚家的一个跑腿的抢了老婆吗？！"掌柜昏厥在台阶上。

一匹油光闪亮的乌马像黑色闪电一般地驶过了北宽

坪，晨霭浮动，河蛙乱鸣，丑陋而剽悍的苟百都在这个美丽的早上并没有奔上白石寨，他为巨大的快乐所激荡，纵马在河川道的石板路上无目的地疾驰。直待到火红的太阳一跃跳出山巅，马已经通体淌汗，他才揽了缰绳，往五十里外的老家而去。身子发热，那一顶黑绒红顶的礼帽不知滚落在了哪一丛草中，敞开褂子，风摆旗般地啪啪直响，而锃亮的长枪斜背身上，枪带已紧勒进一疙瘩一疙瘩隆起的胸肌里。浑身被汗浸得热腾腾酸臭的汉子，一手牵着缰绳，一手死死地搂着面前的女人，女人像蛇缠住了一样无法动弹，先是不停地惊叫，再后便被颠簸和胳膊的缠裹所要窒息，迷迷晕晕，只剩下一丝幽幽喘吟。

"四姨太，"他说，"不！不不！你终于是归了我的娘儿们，你是我的老婆！你哭吧，闹吧，踢我的肚子，咬我的胳膊吧，我就喜欢你这个烈性子雌儿！你唾那老家伙一口实在解气！你这么闹着也实在解气！你知道吧，在我给姚家当使唤的年里，我每夜叫着你名字入睡，可你宁去抚摸狗不肯伸给我一个指头，现在你却是我的老婆了！"

　　女人从昏迷中知觉过来，她的后脖子被苟百都的嘴吻咬着，涎水湿漉漉顺脖流向后背，那一只蒲扇般粗糙的手扼着她的左乳，且有两个指头在掐着乳头。她知道她现在是一只小羊完全被噙在了一只恶狼的口中。在姚家十多年里，不能说没有吃好和穿好，但她厌恶着干瘦无力连胡子都不扎人的掌柜，她因此而使尽了执拗性子，摔碟打碗，耍泼叫喊，想象着她能在一种强有力的压迫下驯服和酥软。如今这土匪苟百都给了她这种强力，她却是这么恐惧和悲伤！往昔受她戏弄的人，面孔丑陋，形状肮脏，那么在往后，也就在今日的晚上，他竟要趴上自己的身上吗？她后悔在掌柜极度痛苦的决定后，她竟如释重负又怀有一种幸灾乐祸的心情所发出的笑声，也后悔今天早上没有悄然遁逃或撞柱而死反倒顺从地被苟百都抱上马背！女人在这时，感觉却回到了姚家，可怜起那个瘦弱的财东姚掌柜了，遂一口咬住了扼着她左乳的那只手，血从嘴角流下来。苟百都一松手，她迅疾地扭转身，啪，啪，啪，将耳光扇在了那一张毛孔里溢着油汗的丑脸上，骂："你是什么猪狗，你能娶我吗？你这洗不白的黑炭！你尿尿都是黑水！"

苟百都被这突兀的打击镇住了，一时出现了在姚家跑腿时的下贱呆相。但刹那间，这土匪丢开了马缰绳，一手按住了女人的下巴颏儿，一个勾拳向她的腹部打去。这一拳打得太重了，女人呀地在马背上平倒了上半身，呼叫着，喊骂着，四肢乱踢乱蹬，苟百都按着，看见勾拳打下去时指上的戒指同时划破了肚皮，一注奇艳无比的血蚯蚓一般沿着玉洁的腹肌往下流，这景象更加刺激他的兴奋了，浑身肌肉颤抖着，嘿嘿大笑，像在案板上扤住一只美丽的野鹿，一刀刀割破脖子而欣赏四条细腿的挥舞，如逮住了老鼠浇上了油点着放开，看着在尖厉的叫声中一朵焰火飘动。苟百都就这么慢动作地扯开了女人的裤带，剥开了女人的衣裤，将身子压下去。

马还在跑着，受惊似的几乎要掠地而飞。犬牙相错的山峰在跳跃中纷纷倒后，成群的蚂蚱于马蹄下溅来在枪托上留一个绿印而瞬息不见。苟百都张大了嘴发出怪叫，在女人的身上终于结束了自己一段漫长的历史，女人肚皮上的血也同时粘上他的胸毛，干痂成一片，揩也揩不掉。受到了从所未有的震撼的女人，如风中的柳树曾经左倒右伏，但就在几乎一时要摧折了之际，又从风中直立而起，无数的反复冲击中则不期然而然地享受了柳之柔软性能和死去又活来的快感。她终于在马放慢了步伐悠悠而行的时候，一句话也说不出来，作为一个女人，毕竟是一个女人，再也没有了在姚家的掌柜面前的泼悍和任性，她说："你真是个土匪！让我到河边去，我要洗洗。"

苟百都停住了马，放她而下，苟百都俨然已成为一个伟丈夫，并不防备她逃走，懒懒地看着头上的太阳闪耀光刺，看着女人走到河边双手掬水再让水从指缝漏下，银亮亮如撒珍珠。水里落着女人的影子，女人一定疑惑了水流得活活，而影子却长了吸盘的鱼一样静沉河底。她蹲下去，似乎在小解，却撩水洗起下身，像要把一切都洗掉。

这时候，河对岸的一条小沟里，山路上踽踽地走下

034

来一个人。路细乱如绳。女人看了一眼，提了裤子又垂头洗脸，觉得那人是牵着绳从沟塄下来的，或是绳拉他而来的。但那人在河边站定了，惊疑地哦了一声，随之叫道："四姨太！"

从水皮面上传过来的叫声并不高，且颤颤地如水溅湿了发潮发沉，女人却倏忽间蜂蜇一般地冷丁了，多熟悉的声音，又多陌生的声音，多少多少年里只有在睡梦里听到，醒来却茫然四顾而慢慢麻木淡忘以至重重遗失得没了踪迹的声音，如远山里吹来了一缕微风，如大海的深处泛上了一颗泡沫，她的一根神经骤然生痛了。她再一次看着那人时，马背上的苟百都已经认了出来，张狂喊道："柳先生！咋就在这碰着柳子言你狗×的哥了！"

柳子言在喊声中看到了马背上背了长枪的苟百都，他要从河水面上跑过来的腿僵硬了，木桩似的戳在沙里："是苟百都呀，听说你当粮子逛山了，是唐井的队长了，果然是，你这是往哪儿去呀？"

苟百都说："柳子言，我告知你，我今日娶了老婆了，你该是第一个恭贺我的人！"

"娶了老婆？"柳子言看着苟百都在太阳下咧着金牙的嘴，他想戏谑了，"娶的是哪一位，能压了寨吗？"

"你瞧瞧，你叫过她四姨太的！"苟百都说。

女子已经立起身，隔河望着柳子言。望着依旧着长袍短褂背着褡裢的柳子言，他虽没了往昔的年轻，但英俊依然！女人张开了嘴，感觉到一颗心跳到喉咙了，噎了噎却并没有吐出来，她注视着柳子言听到苟百都娶了她的话后的表情，果然笑容陡然硬在脸上，喑哑了似的长久地没有说话，脚下的松沙在陷落，水汪上来湿了鞋面裤管，人明明显显地矮下去了一截。"柳先生！"她叫了一声，但她的耳朵并没有听到她的声音；柳子言也没听到，却怔怔地瞧她一眼，那是多么悲惨的一眼啊！

"娶了四姨太？"柳子言对着苟百都，声音已变调了，"你是枪打了姚掌柜？！"

苟百都说："娶亲是吉利事，怎么能杀人呢？好女人就不兴咱×吗？"

柳子言勾了头就走，却忍不住还看一下河这边的女人，踉跄而去，石头就无数次地将他绊倒，绊倒了爬起来还是走。

　　艳阳下女人身子摇晃着返回来，说："走吧。"牵着苟百都的手上了马背。苟百都笑骂一句"柳先生"，一松缰绳，噘嘴吹着口哨，马噔噔噔地跑起碎步，伴响起风前的鸟叫，流水的鸣溅，再一揽胳膊重新要箍了女人的腰，女人突然锐声说："我要柳先生！"

　　苟百都勒了马："你要柳子言？"

　　女人反转了身来再说一句："要柳子言！"更直直看着苟百都，随之噘了小嘴，将两道尖眉也翘挑了。粗悍的土匪在短暂的疑惑中为女人的变化无常的脾性开心了，这是真正成为自己老婆后的一种要强吧，在姚掌柜面前那种四姨太式的泼劲重演，是女人终于从哭闹而转为顺悦的标志吧？苟百都喜欢女人像烈马般的暴躁而在降伏过程中得到快愉，同时也喜欢在降伏之后马时不时抖抖臀部，耸耸耳朵，或者毫无缘由地喷一个响鼻。"你要柳先生，看上他那小白脸吗？"他也来了调侃。

女人说："柳先生是咱见到的第一个熟人，他没有祝福咱们一句话，你就让他走了？"

苟百都觉得妇人言之有理，扭转马头，柳子言已经离他们很远了，便举枪在空中叭地放了一枪。枪声很脆，震动着河谷，踉踉跄跄的柳子言在突兀中惊跌在地，并没有立即爬起来，枪声震掉了崖头上的松石哗哗啦啦掉下来的时候，也震掉了一时涌在心头的懵懂，顿时清醒于往事的追忆。多多少少的岁月，他离开了姚家，再没有遇见过像四姨太美艳又钟情于他的女人，谁能在踏过了风水之后还器重一个贫贱的风水先生呢，没有的，愈是为自己的命运悲哀，愈是为失掉了四姨太的情爱而痛惜。一件记载着女人的懊恼和怨恨的红绸裹兜，便一直视为定情物贴身穿在自己的童子体上，他细细感受着红绸裹兜的柔软，体会着红绸裹兜穿在女人身上时的情形，就不免有一阵幸福的晕眩。他曾经数次徒步赶到北宽坪来，希望能再见到一次四姨太，如果四姨太提着瓦罐在泉边汲水，他会要将她从泉台上抱起而不管了瓦罐摔成七片还是八片；如果在山坡上见到捡菌子的四姨太，他会将她放平于蒿草之中，并使蒿草千百次晃动不已。柳子言的暗恋放诞了奇异的光彩，一看见了北宽坪后的山峁上的那个古战场残留的石堡，就心身皆进入恍惚之境，觉得曾经是有一个夜晚，月色清丽，空气甜润，他们携手登上石堡，一任小小的窗洞里风呜呜长鸣，也一任露水湿了他们的睫毛也打湿了鞋袜和裤腰，静静地躺过了千年百年……但是，每一次山下村庄的鸡犬之声破碎了他的幻想，远远看见了姚家炊烟直上的屋宅，他却不敢再走下去，落泪独坐，几次已疑心自己是风化成一块石头了。

这日葫芦峪有人家请去踏坟地，葫芦峪可以从另一条沟直达，脚仍是不自觉地拐进北宽坪的山路，他愿意多绕道数十里看看心爱的女人居住的地方，谁知女人竟一河之隔，活生生的，就站在他的面前！

令柳子言悲惨的是女人竟不再是姚家的四姨太，她成了逛山土匪的老婆！在柳子言的意识深层，他爱着这女人，但这女人真正要成为自己的老婆长年相厮那纯是远山头上的一朵云，登上山头云则又远。他们的缘分恐怕只是一种偶然的相遇相爱，因此，在痴恋转为暗恋的漫长日月中，柳子言不管怎样步涉到北宽坪的山上希望去见到四姨太，到最后都将是一种单相思。唉，自己就是这般的薄命，只能在盐一样的生活中把她的身影腌咸了，风干了，在孤独寂寞中下酒吧。问题就在于，女人是姚财东的姨太也好，是另一个什么官家的娘子也好，他柳子言有什么办法呢，可现在女人成了黑皮臭肉的苟百都的老婆，却实在无法接受！粮子，逛山，土匪，就全凭那一杆能喝血吃肉的长枪吗？当苟百都向他炫耀，一脸的恶肉刷漆似的油亮，他恨不能一个石头砸过去，砸出个五颜六色的脑浆来，但面对着高头大马和乌黑的枪管他惧怕了。柳子言的泪水倒流肚里，为女人伤心了，为孱弱的自己伤心了！他不愿多停留，在丑陋的苟百都面前的无能比那一次面对着女人的无能更使他羞辱，再不要让钟情过他的女人看见他了！

一声枪响，使他跌倒了，蓦然间他估摸这一枪是苟百都打向他的。女人现在既已做了苟百都的老婆，瞧着自己无能的样子是不是感到可怜可笑，不经意中会把过去发生的事情失口泄露于她的匪夫吗？土匪毕竟不是守财的姚掌柜，一定不允许一个风水先生曾对他的老婆做过的事体。

马蹄腾着沙石过来了，苟百都在喊："你站住，站住！"柳子言猛然之间翻身而跑，苟百都愈发怒了，开始叫骂，马匹一个飞跃，几乎是掠过柳子言的头顶落在了他的面前。柳子言准备死去。

"苟百都，你要打死我吗？"他说。

"你跑什么？"苟百都说，"我的老婆要给你说话的！"

柳子言吃惊了，他看着女人，女人从马上跳下来向他走。女人站在了两丈外的一株细柳下，一头乱发飘拂，蓬蓬勃勃如燃烧的黑色火焰。

"你没给我说一句话，你就走了？"她说。

"恭喜你。"他说。

"你再说一遍！"

"你要做压寨夫人了，我恭喜你。"

女人嘎嘎地怪笑着靠在了细柳上，细柳负重不了，剧烈地摇晃了。

柳子言掉头又要离去。

"你就这么走吗？"女人突然地厉声嘶叫，手抓住了细柳上的一枝，竟将枝条扳下来，凶得像恶煞一样扭曲了五官。"你就会走吗？你一辈子就会乌龟王八一样地走吗？！"

当女人发疯地扑上来，柳子言不知所措地呆住了，倏忽间柳枝劈头盖脑抽下来，啪啪啪声响一片，柳叶碎纸般满天皆是了。柳子言没有动。他知道今日是丢命了，与其死在苟百都的枪下，还不如被心爱的女人活活打死！他感觉到的并不是疼痛，女人手中的也不是柳条，是锋利无比的刀，在一阵迅雷不及掩耳的砍杀下，他似乎还完完整整，瞬间则一条胳膊掉下去，另一条胳膊也掉下去，接着是头，颈，腰，腿，一截一截散乱了。女人喘着粗气无休无止地挥动枝条，留给了柳子言满脸的血痕，一截截柳枝随着一缕缕头发飞落在水面，终于只剩下一尺余长了，仍不解恨，哗啦一下撕裂了他的褂子，赤身上露出了那红绸裹兜，女人呆住了，软在地上，号啕哭起来了。

遍身是伤的柳子言与女人倒在沙窝，泪水和鼻涕一齐递出之际，蓦然明白了一个女人的心。女人竟还在爱着他！感激之情油然生出，珍视着从自己脸上流下来的血滴在河滩的石头上溅印出的绮丽的桃花，他要弯身扶起哭倒在面前的女人了。苟百都却以为柳子言欲反击自己的老婆，在马背上吼道："柳子言，你敢动我老婆一个指头，我一枪敲了你的脑壳！"柳子言高傲地抬起头，说："我哪儿能打了她？苟百都，我现在正式恭贺你了！"苟百都笑了："你早这么说就好了！你现在可以走了。"但柳子言没有走。女人说："我不让他走！"苟百都说："柳子言，你听见了吗，她不让你走，你就给她下跪再道个万福吧！"女人说："我要让他和咱们一块走！"苟百都疑惑了，眉头随之挽上疙瘩。女人说："柳先生能踏坟地，怎不让他同咱们一块回家去踏个坟地，你还指望我将来的儿子像你一样半辈子给姚家跑腿吗？"苟百都哈哈大笑起来："说得好，说得好！柳先生，苟某人就请你为苟家踏吉地了。姚家有钱，能赏你一桌面银圆，苟某人有的是枪，会抢一个女人给你的！"

三个人结伴而行了。

先是苟百都和女人同骑一匹马，马后步行的是柳子言，小桥，流水，古木，巉岩，女人不停地就遗落了手帕要柳子言捡了给她，或是瞧见一树桃花，硬要柳子言去折了她嗅。行过三里，马背上的女人便叫苦马背上颠簸，一身的骨头都要散架了，苟百都便命令柳子言背着她："你不悦意吗？不悦意也得背！"柳子言巴不得这一声唤，在女人双手搂了他的脖子，树叶一般飘上背来，立即感觉到了绵软的肉身热乎乎的如冬日穿了皮袄。哎呀，女人的香口吹动了一丝暖气悠悠在后脑勺了，女人耳后别的一撮柔发扑闪了前来抚摩着他的额角了，柳子言重新温习了久久之前的那一幕的情景，他不知道自己是载负了重量行走，还是被一朵彩云系着在空中浮飞。当半跪在背上后来又换了姿势的女人将两条腿分叉地垂在了两边，柳子言紧紧反搂着一双胳膊，眼睛就看见了两只素洁的肥而不胖的红鞋小脚，呼吸紧促，噎咽唾沫。扬扬得意的苟百都在马背上又吹起口哨。柳子言终于腾出手来把那脚捏住了，捏了又捏，揣了又揣，乐得女人说一句："生了胆了！"苟百都看时，女人用手指山崖上一只在最陡峭处啃草的羊，而同时另一只手轻抠起柳子言的后心了。

到了过风岔，苟百都的家就在岔垴。三间石板和茅草搭就的屋里独住着瞎了一只眼的老娘。山婆子见儿子冷不防地带回一个美妇，喜得没牙的嘴窝回去，脸全然是一颗大核桃了。举灯将女人从头照到脚，悄声对儿子说这婆娘是从哪儿拾掇来的，屁股好肥，是坐胎的坯子，只是奶太端乍，将来生了娃娃恐怕缺了奶水子吃。天一黑，柳子言被安置到屋旁的旧羊棚里歇息，女人才过来看他，苟百都便也过来扔给了一个缝了筒儿装塞着禾草的老羊皮，说："你要孤单，搂了它睡吧。"一弯腰将女人横着抱到草房东间的土炕去了。

幸福了一路如今又被抛进冰窖和油锅受水火煎熬的柳子言，掩了柴扉，静听着山里的鸟叫。鸟叫使夜更空。石磴上插着的松油节焰也不旺，直冒起一股黑烟，柳子言想，这烟也是松油节的气吗，燃不起焰就只是生黑烟吗？躺卧在深山破败寂冷的旧羊棚里，自己背了来的女人却在了一墙之隔的炕上，这是与那个女人算什么一种孽障啊。而苟百都呢，一个黑皮土匪，今夜里却搂了爱自己的恁个美艳的妇人在自己旁边，这真是天下最残酷不过的事情。这样想着的柳子言，随手咚的一声，抛过褡裢将那个松油节打灭掉了。

石板房里，传来了苟百都熊一般的喘息声，间或有女人的一声"啊"叫，睡在房西边炕上的山婆子开始用旱烟锅子敲着柜盖了，问："百都，你怎么啦？你们打架了吗？"苟百都回话了："娘，睡你的！你老糊涂了？！"后来，一切安静，老鼠在拼命地咬噬什么，柳子言听见石板房门在吱呀拉响，女人嚷着拉肚子，经过了旧羊棚，就蹲在棚门外的不远处。隔着柴扉的缝儿，柳子言看不清她的眉脸，一个黑影站起又返回房中去了。一次如此，二次又如此，柳子言知道了女人的用意，她并没有闹什么肚子，她冒着寒冷为的是经过一次旧羊棚来看看他了！柳子言的眼泪潸然而下，他把柴扉打开，他要等待女人再一次来解手，但女人重新蹲在了旧羊棚门外，他刚要小声轻唤，野兽一般的苟百都却不肯放掉一刻她的肉体，赤条条地跑出来一等她解了手就抱她回去。

翌日，同样是消瘦了许多的三个人在门前的涧溪里洗脸，柳子言在默默地看着女人，女人也在默默地看着他，飞鸟依人，情致婉转，两人眼睛皆潮红了。早饭是一堆柴火里煨了洋芋和在吊罐里煮了鸡蛋，苟百都只给柳子言一颗鸡蛋吃，便爬上屋前槐树杈去割蜂箱中的蜜蘸着鸡蛋喂妇人。女人说："我是孩子吗？你把你鼻涕擦擦！"苟百都的一珠清涕挂在鼻尖，欲坠不坠，擦掉了却抹在了屋柱上。女人一推碗，说："柳先生，你吃我这些剩食吧，我恶心得要吐了！"柳子言端过碗，碗里卧着囫囵囵五颗荷包蛋，心里就千呼万唤起女人的贤惠。

柳子言有心给出土匪的苟家踏一个败穴，咒念他上山滚山下河溺河砍了刀的打了枪的得病死的没个好落脚，而苟百都毕竟在姚家时跟随诸多风水先生踏过坟，柳子言骗不过他。"你要好好踏！"苟百都警告说，"听说吉穴，夜里插一根竹竿，天明就能生出芽的，我就要生芽的穴！"柳子言踏勘了，苟百都真的就插了竹竿，明天也真的有芽生出，苟百都喜欢了，提出一定要亲自送他走二十里山路回去。柳子言又得和女人分别了，女人说："柳先生，你现在该记住我家的地方了，路过可要来坐呀！"苟百都说："是的，苟某人爱朋友。"女人送着他们下山，突然流下泪来，说："山里风寒，小心肚子着凉呀！"柳子言按按肚子，感觉到了那肚皮上的裹兜。苟百都就笑了："瞧，一时也离不得我了！柳先生，你不知道，有娘儿们和没娘儿们真不一样哩！"

苟百都真的把柳子言送出了二十里，到了一座山弯处，正是前不着村后不靠庄，苟百都拱手寒暄柳子言是苟家的恩人，永远不会忘了，柳子言喉咙里咕涌着一个谢，爬上山坡去。差不多是上了坡顶，苟百都掏了一颗弹丸儿，在鞋底上蹭了又蹭，还涂了唾沫，一枪把柳子言打得从坡的那边滚下去了，说："苟百都有了美穴，苟百都就不能让你再给谁家踏了好地来压我！"

已经是一年后的又一个初夏。苟百都已不再是昔日的苟百都，黄昏里蹴在前厅后院的新宅前，举枪瞄一棵山杏树上的青果子打，打下一颗就让妇人吃一颗，得得意意又说起柳子言踏的坟地好。可不是吗，自滚了坡的老娘白绫裹了葬在吉穴，他不是顺顺当当就逃离了白石寨，竖了杆子坐山头，他唐井是司令，咱也是司令嘛！做了司令就有人买司令的账，这不就一院子的青堂瓦舍么，不就有大块的肉，大碗的酒，苎麻土布，丝绸绫罗，连尿盆不也是青花细瓷么？妇人在姚家那么多年，生养出个猫儿来吗？！没有，现在凸了肚皮，一心只想吃个酸杏。这狗×

的柳子言真是好本事！

女人听厌了苟百都的摆阔，扭头起身回屋坐了。她不能提柳子言，柳子言就是一枚青杏果，一提起心里便要汪酸水。柳子言为苟家踏了好风水，柳子言却恁地再不照面过风岔！不爱着的人，狼一样地龇牙咧嘴敢下手，爱着的人却是羊羔似的软，红颜女人的命就是这等薄了？！

哀怨苦命的女人，只有独坐在后窗前凝视林中月下的青山。青山是那么照人的明艳却不飞扬妖冶，白杨林子是那么庄严又几多了超逸，但青山与杨林的静而美，美而幽，幽而哀的神意实在不容把握。这样的月夜里，是决不要听到枪声的，白石寨的土匪一来，枪支并不比唐井多的苟百都就要着人背她先去山峰顶上的石洞里避藏了。石洞里凿有厅间卧间和粮仓水房，洞外的光壁上石窝中装了木橛架了木板，人过板抽，唐井的子弹爆豆般地在洞口外的石崖上留一层麻点。这样的月夜里，也是不要狗吠的，一条狗吠起，数百条吠声若雷，苟百都的喽啰回山了，鼓囊囊的包袱摊在桌上，黄的铜钱，白的银圆，叮叮当当抓着往筐里丢，同时在另一处的幽室中就有了一个呻吟的绑了票的人。这样的月夜里也是不要酒的，喝得每一个毛孔都散着酒气的苟百都就又要得意于他的艳福，想象着皇帝老儿该怎么淫乐，把炕席揭了，撒上豌豆，放上木板，使行房事晃悠如在船舟。今夜的月下，就只让女人静静地临窗坐吧，恨一声柳子言你哄了我，骗了我，一架蓬蔓开了耀眼的葫芦花就是不见结葫芦！但终在一个月夜，女人看到了窗外不远的涧沟畔上的一株钻天的白杨，白杨通身生成的疙瘩是多么活活的人眼哪。这眼就是柳子言的眼，原来柳子言竟天天在看着她！女人从此天天开了窗户，一掰眼就看着他的眼睛在看她。但是看着她的只是眼睛还是眼睛，柳子言，你到哪儿去了，真的再也不来了吗？婆娑的泪水溢满了女人的脸面，女人最终把双手抚在了突出的肚腹上，将一颗慈善的心开始渐渐转移到了未出世的儿子身上，说："你将来要当官的，真的，娘信着柳先生的本事，你也要信哩！当了官你就要天南海北地寻了他回来！"

柳子言其实并没有死。

一颗子弹打了来，那涂了唾沫的炸子儿当即炸断了一条腿在坡顶，而柳子言血糊糊滚落到坡那边的一蓬刺梅架里了。一位砍樵的山民背回了他，他央求着说他可以禳治这一家祖坟使主人从此家境滋润而收留他养伤，便开始了整整半年的卧床未起的生涯。半年里，北瓜瓤子敷好了断腿的伤口，他单足独立，再也不能爬高下低地跑动了。被抬回到老家去拄了拐杖学行走，一次次摔倒在地，磕掉了两枚门牙，终于能蹒跚移步了，就常倚残缺的石砌院墙看远山如眉，听近水呜咽，想起那一个自己答应过要去见的女人。但他独足去不了过风岔，他没有枪，他对付不了土匪苟百都。

夏日正热，于堂前的蒲团上坐了燃香敬神，祈祷着思念中的女人能大吉大安的柳子言，听到了一阵异样的脚步声，回过头来，一副滑竿抬进门，下来的竟是仍没有老死的姚掌柜。掌柜一脸老年斑，给柳子言拱拳了，说找了先生数年，一会儿听说先生遭苟百都的害了，一会儿听说先生还活着，他无论如何要亲自来看看，果然先生还这么年轻这么英俊，竟好好的嘛！柳子言无声笑了笑，就站起来，一条腿没有了，惊得掌柜忙扶住他，日娘捣老子地骂那土匪苟百都。"苟百都害了你害了我，他是咱俩不共戴天的贼啊！"柳子言又一次被掌柜请去北宽坪重新踏风水了。但他不是骑了驴子，而是坐在背篓里雇人背着去的。

旧地重游，柳子言坐在了女人曾经赐给他情爱的那个小房里失声痛哭。掌柜问他伤了什么心，他说想起了四姨太，还是这间房，还是这把椅子，却再见不到四姨太了！掌柜遂也老泪流出，劝慰柳先生不必为她难受，说四姨太好是好，再也寻不到她这般俏眉眼的娘儿们了，可毕竟现在是土匪的婆子，他掌柜也不为她哭坏身子了。柳子言说："你知道她的近况吗？"掌柜说："我只说她被抢了过去不是拿剪子捅那土匪，也得触柱死去，她竟旺旺活着！听人说她出门，后边有两个护卫跟随，真真正正是土匪婆了！"柳子言心里愤愤起来：一个家有万贯的财东，一个不该娶少妇偏娶了少妇的老头，你拱手把四姨太献给了土匪，却要怨怪四姨太没有在新婚的夜里触柱死亡，得一个贞节的名号！这也算一个与四姨太十余年的丈夫，算北宽坪地方的绅士么？对着并不慈善的掌柜，柳子言收回了对他遭到苟百都的迫害的同情，也全然坦然了多少年里总有的一丝对他不起的心思。厌恶起掌柜的柳子言这么骂着一个男人的歹毒，却也从掌柜身上看见自己的丑恶，骂起自己不也恰恰和这枯老头一样没有保护了那个女人吗。女人原来不爱掌柜，况且掌柜人也老了，而自己呢？柳子言扭头看窗外，窗外的枣树还在，他不禁戚戚感叹："今年枣树上没干枣了。"

"枣树上哪儿还会有干枣的？"掌柜干笑了一下，忽问起一个问题来："柳先生，听说苟百都也占了一处吉地？"

柳子言说："那也算一块吉地吧。"

掌柜说："那他还要有大气数吗？你知道吗，为了占那吉地，他是将他娘掀进沟里跌死，对外说是失了足……哼，一个瞎眼山婆子能守得住？！"

柳子言说："甭提土匪那一宗了，柳子言会给你再踏出一块好穴位迁埋骨殖的。"

掌柜连声就呼着丫头，催问酒温好了没有，又说柳先生这次来不必着急踏勘，先喝三天的醉酒，姚家大院中的这些使唤丫头喜欢上哪一个了就只管招呼了去伺候你。

柳子言也真的这一顿酒吃醉了。

就在柳子言醉吐了一定要掌柜来打扫那秽物的时候，一个爆炸的消息传到了北宽坪，说是苟百都被龙抓了！掌柜一把搂住了也被惊得酒醒的柳子言长一声笑，短一声哭，夸讲着天神之公道，也夸讲土匪早不死迟不死偏在柳子言要重踏坟地迁葬父母骨殖的今日而死，这定是将要踏出美穴的预先兆应了。两个人已经听报信人说过一遍苟百都被龙抓的经过，却仍要再说一遍又说一遍，确确实实地核证了这一切皆是事实。威风着方圆百里的苟百都是在前三天下山到黑龙口坪坝里的一家财东炕上抽烟土，已经抽过三个时辰仍不过瘾，他眉飞色舞地给财东和另几个土匪讲他的英武。说唐井派人来杀他，此人枪法好，刀法也好，却不知他苟百都是怎么个人物竟使唐井也奈何不得！那人来了，他枪也不带刀也不挎，端了火盆在门口吸旱烟哩。来人问："谁是苟司令？"他说了："我就是苟百都，伙计，来吸一锅子吗？"来人说："嗬，原来是黑皮八斗瓮！"他说："是长得差些。"还是低头吸他的烟。烟灭了，用手在火盆里捏一颗红炭按在烟锅上，来人眼就看直了。点燃了烟叶取下火炭，火炭没放在盆里却放在膝盖了，膝盖上的肉就嗞嗞响，再说一句："这烟叶真香，你真不吸吗？"来人就跪倒在地了，说："苟司令你是条汉子！要么你砍了我的头，要么我跟你吃粮！"那一把短刀就摔在他面前了。在座的财东说苟司令就这么收了来人了，苟百都说："屁！当粮子逛山不敢杀人我要他干啥？"拾起来人的刀在眼前看锋刃，说句好刀口哩，忽地一下砍下来人的头。头因为掉得太快，那眉眼儿还是笑笑的，便差人直送白石寨去了！在座的皆土色了脸面，苟百都就哈哈大笑，笑未毕，屋外忽然天变，一朵云停在屋当顶，接着嘎啷啷一个炸雷一道电光打开窗子冲进来，众人全都震昏了。待眼目睁开，屋里一切完好，唯独不见了苟百都，急奔出门，空中咚地掉下个黑炭来，苟百都烧焦成二尺长。掌柜又是一串大笑，突然说："可惜了，可惜了！"报信人说："掌柜说土匪死得可惜了？"掌柜说："听说他有两颗金牙，花了大钱镶的那金牙就烧化了！"报信人说："哪里就烧化了，他的喽啰敲了金牙才用白布裹了苟百都，正为了这事，他们不敢回去见那四姨太，不不，见那匪婆子，才一哄都散了，苟百都的尸首还是那家财东埋了的。"掌柜说："你说得对，是四姨太，今日晚上我就要去过风岔接回那娘儿们，回来了你还叫她四姨太！"

　　姚掌柜匆匆去张罗要接四姨太的事宜了，留在厢房里的柳子言却仍在为突如其来的喜讯震得说不出话来。四姨太，那个心爱的美妇人竟然还能再次一见吗？他不能不感慨这是怎么的一种缘分啊！当掌柜领了一班人灯笼火把去了过风岔，柳子言的死而复生般的惊喜却遂被另一层为自己和那女人的悲哀代替了。一个逃离了老朽去当了三年的压寨夫人的四姨太，到头来又回到朽而又朽的老头的炕上，那女人就是因为长得太美么？每一次像猎物一样被狼叼来叼去，又每一次偏让柳子言遇着，短暂的相会，留下的竟是长长久久的悲伤和凄凉，这是对那可怜女人的残忍呢还是对为此而残废了的柳子言的残忍？！那么，自己对一个可望不可即的女人的爱恋是一种自寻的罪过了，就不要再把这种罪过同时带给那个女人吧。这么想了一夜，发起了高烧的柳子言终于决定在四姨太被接回时绝不去见她，眼不见心则不乱，让她度过她后半世的清静岁月吧。

天稍稍发亮，柳子言收拾了褡裢，扶杖而走了，但门前的土场上一副滑竿急急抬了过来，他看见了坐在滑竿上面色黑灰眉眼扭曲的掌柜，却没见到四姨太。他拱手搭问："四姨太呢？"掌柜却并没有回答他，昨晚那飞扬的神气没有了一点痕迹。"四姨太没有接回来吗？"他又问了一句。掌柜哼了一声，显得那么地不耐烦，却恶狠狠对放下了滑竿要散开的随从说："把吃的用的东西送去，好好看管。今日大门关了，后门掩了，外边人一个不准进来，家里人一个不许出去！"便踉跄进了大厅去自个儿卧屋了。柳子言是不能私走了，看着立即有人抱了被褥提了饭盒出去，大门砰砰下了横杠，不知究竟出了什么事情。姚家的丫头和跑腿的在没人处交头接耳，一有人又噤声散开，柳子言不能询问任何人。他默默地回坐到厢房去，寻思四姨太一定没有接回来，或许四姨太已经死了，或许四姨太已逃离了过风岔。厢房的门口远远正对着院角的厕所茅房，短墙头上的一蓬豆荚蔓窸窸窣窣响后，一个人头冒出来，柳子言知道这是姚家大太太在那里解手用豆荚叶揩了屁股了。但大太太却在短墙头上向他招手。

"来呀，柳先生！"她又一次招他，"你不想听听稀罕吗？"

柳子言走近去，蠢笨得如捣米桶一般的肥婆子走出了茅房短墙，一边系裤带一边说："你知道小骚货的事吗？"

"四姨太？"柳子言忙问，"她到底怎么啦？"

婆子说："哼，老鬼总忘不了吃嫩苜蓿，只说小骚货的×叫土匪×了，心还在他身上，没想土匪死了骚货还不回来！"

"不回来了。"柳子言说，"她到底是不肯回来的了。"

"不回来老鬼行吗，她有一副嫩脸脸么！老鬼真不嫌她脏了，她是给土匪怀了个崽儿，肚子都那么大了，喝苦楝籽水怕也坠不下来了！"

柳子言惊呆了："四姨太有了孩子？！"

婆子说："老鬼一看就上了气！要当场把土匪崽踢落下来，又怕丢了骚货的小命儿。可那匪婆子竟也往涧里跳，被人拉住，头上已破了一个洞。老鬼气得骂：你那时怎不就跳了崖，我还给你立个节妇牌呢！我现在来接你，你倒寻觅死活？！就把骚货用滑竿抬回来了，真该让她死去才好！"

柳子言忙问："怎不见抬了回来？"

婆子说："抬回姚家让生下那个土匪种吗？姚家是什么人，不要说招外人笑话，这邪祟气儿要坏姚家的宅舍吗？你瞧瞧，关在那个石堡里，让生下匪崽儿了，还要放三天的炮竹，艾水洗了身子，方能倒骑了驴子回姚家的门！"

肥婆子说着捂了嘴嘎嘎直笑，柳子言的脑子里已一片混乱，他望着院外山坡顶上的古堡，泪水拂面。那一座古战场残留的石堡，数年前他默默地从远处观望，想象了一个月夜他怎样地能和四姨太幽会其中。数年后的今日，四姨太竟真的被幽闭在那里了。石堡上到底是如何的败旧，荒草横长，野鸽遗矢，孤零零的一个美艳女人就在那里生养胎儿再将胎儿亲手处死吗？柳子言不知道肥婆子何时离去，他双手抠动着墙皮一步一跳地不能在厢房门口安静，指甲就全抠裂了，墙面上抹出了一条一条血道。突然单足跳跃竟走到厅房台阶下，他改变了主意要看看四姨太，甚至拿定主意请求在姚家长期住下，他要永远能见着那个女人，也要让那女人永远能见到他！他跳跃到台阶下再要跳上台阶，他摔倒了，碰掉了一颗门牙。对着听见响声出来的掌柜说："你怎么能将四姨太关在石堡呢？你不能这样待她！"

掌柜疑惑地看着他，说："柳先生，我是器重你的，你不要管我家私事。"

"不！"柳子言再一次从地上跳起，单脚竟如锥一样直立着，说："掌柜，这是你家的事，我本是不能管的，可你是请我来为姚家踏吉地的。你是知道的，积德为求地之本，知积德善人未有不得吉地的。苟百都为何死于非命？他行恶多端，吉地也成了弃地啊！"

掌柜说："我何尝不正是这样做呢，那娘儿们怀的是土匪的种，我让她出血流污地在姚家生养，岂不辱没了姚氏祖宗？我要不是待她好，我早在过风岔一刀挑开她的肚皮了！柳先生是手艺人，怕是昨日的醉酒还没完全醒的吧？来人，扶柳先生回屋去，熬了莲子汤好好服侍先生吧！"

几个跑腿的男人几乎是抬着柳子言到厢房去了。

躺倒在厢房土炕上的柳子言，现在只能是无声地抽泣，为了将来还是掌柜的四姨太的女人，他的求情遭到了掌柜的拒绝和厌烦，他的那点勇敢可怜得毫无作用可起。漫长的一天里，他恨着自己不是个土匪，若是有土匪的蛮力和枪杆，他也不至于这般容忍了掌柜这老狗！到了这时想，反倒那苟百都真是个汉子，可惜了苟百都的死去，女人宁愿跟着土匪也比来姚家要好了。这一天终于将尽，四山严合，逼出了黑暗下来，月亮也随之出现，多清丽的月夜呀，原来是浪漫的人儿飞身于山峁，依山上下曲折的石堡栈道，让月光浸着雪净的衾绸，让月光逼着玲珑的眉宇，有了如丝的幽梦，有了如水的思愁，有彻悟有祈祷有万千种话……而现在的女人于石堡中哭淌了多少泪水？柳子言担心着女人经受不了生下骨血让人活活弄死的折磨而要死去的。是的，她要死去的，任何一个最坚强的女人都会在灰了心的绝望中死去！一时间，柳子言紧张得一身汗都出来了，他似乎就看见了女人披头散发地在那里吼叫，风却灌满了她的口，谁也听不到她的呐喊，她开始痴痴地盯着石壁看那一群快活的蚂蚁了。她是那蚂蚁就好了。上苍啊，怎么不在这女人来世时托生一只自由自在的蚂蚁呢？石堡的门洞外，女人能看到月下起伏的万山壑岭么，能看到浮云浸拥的栈道石廊么？不不，石堡如塔压着她，如笼囚着她，她从门洞看到的是一堆堆磷火。对了，柳子言想起了发生在这山间的一个古远的传说，说是一位英武的将军驰骋鏖战了一生却终在最后被敌军包围在了这座石堡中。同样是一个美丽的月夜，石堡的内外躺满了部下尸体，只剩下了将军的妻子和一个忠诚的卫士，将军看着满山围拢上来的敌军，他血刃了自己心爱的年轻的妻子，他不忍心妻子落入敌军手中受辱。他血刃了妻子而又抱着她还微笑的头颅而哈哈大笑，对着吓呆了的卫士说："好了，我英雄的一生要结束了，现在，我要成全你。他们以三百两白银悬赏我的头，你就提了我的头去见他们吧，我忠诚的卫士！"说完，风吹动着他的长发，星月照耀着他的铠甲，一只手抓着头发，一手扬刀就抹掉了自己的头，竟然那只手把抹掉的头颅提着而身子不倒！这古远的传说这么清晰地在柳子言脑海中浮现，他想，四姨太一定在这个时候听见了一片鬼的嚎叫，看见了那英雄的将军和将军的妻子而在哀叹了：谁是我的英雄呢？英雄的将军保不了妻子的活着，却保护了妻子的死去，这妻子也是幸福的。我一个容貌美丽的女人，因美丽而为臭男人们活着，如今要死在一个可爱的人的刀下也不成啊！柳子言愈这么想，愈坠进了不可自拔的境界里去，过去的一幕幕的无能、软弱、忍耐全然激发了一个男人的所有勇敢，咬牙切齿道："我是你的英雄，是的，我是你的英雄！"

英雄了的柳子言在夜静人睡之时，拨开了姚家的大门，拄杖往山上去了。

崎岖的山路上，柳子言摔倒了一次又一次，他开始往山头爬，他的衣服全破了，一条唯一的腿和两条胳膊血肉模糊。他预想着爬到古堡怎样地打开石堡洞门的栅栏，怎样地呼叫着四姨太的名字而与她相见，他要告诉她不要哭，也不要叙说长长久久刻骨铭心的思恋。赶快逃离石堡吧，即使天黑不能远离，也要到另一处的什么地方躲起来，然后他们在某一处相会，然后他要和她，或许她愿意独自一人，他都可以帮她逃到很远很远的地方去的。但是，当柳子言刚刚爬到了古堡下的栈道长廊下，看守着四姨太的人发现了。这是一位年迈的在姚家跑腿的老头，他是认识柳子言的，询问着柳先生摸黑怎么能到山上来。柳子言瞒不了他，老老实实地把一切都告诉了，他明白有人看守着古堡他是不能去搭救女人了，却说尽了女人的苦愁来感化这看守，甚至应允，若看守人能放他上去救那女人，他保证付一笔数目巨大的银钱，也保证为看守踏勘出一处大吉大贵的坟地，永葆其家族后代安乐昌盛。看守同意了，却劝柳子言不要亲自去，一个残废的人怎么能爬上那古堡，就是这栈道长廊，健全身体的人也要小心才能过呀。"先生请相信我，我就去帮四姨太逃走吧。明日掌柜要问，我就说我去拉屎，回来不见人了，大不了掌柜勒我一绳，罚了我一年的工钱。"柳子言感动得直磕头，说他今生今世忘不了老伯大恩，又千万叮咛了许多许多要小心的事，方又倒爬着下山。

柳子言返回了姚家，天已经麻麻泛亮了，他若无其事地招喊了一个下人要求背篓里背了他去后坡根踏勘坟地。背篓背出了大门外，他却对着从河里挑水的姚家用人说："你就给掌柜说一声吧，我去后坡根踏吉地了，让他随后也来看看。"可是，当柳子言踏勘到了晌午，掌柜却没有来，柳子言也不急着回去，就躺在暖和的地坎下打盹了。昨夜的奔波已经弄得他疲倦之极，现在该是好好地歇息了。蠢笨的掌柜这阵在干什么呢，他哪里能知道石堡中的四姨太已远走高飞，而这一切又都是一个残废的风水先生所为的呢！他作想不出在某一个山洞里还是松林中的四姨太，这阵儿是怎么地感激和思念着他啊，他得很快地踏勘完坟地去相见，而那个尊敬的看守老头能在他一回到姚家碰见，告诉他四姨太的去处吗？柳子言终于在松弛心身后迷糊起来，将隐隐的一种后怕和一种暗自涌上来的英雄气概的念头带到了梦境，但同时听见了声音："先生，你醒来，掌柜来了！"被用人推醒了的柳子言果然瞧见掌柜远远走来了，且笑眯眯地在几丈外就说："柳先生，你怎不多歇几天就踏坟地了！你这么为姚家费力，姚某人真是不知该怎样谢你了！"

柳子言说："掌柜不必客气。你来瞧瞧，这个穴可真不错哩！"

掌柜说："是吗，这么快的？！先生你怎么受伤了，满手是血呢？"

柳子言脸红一下，忙说："刚才下坎时不小心跌了，没事的。我想你既然来了，咱就把方位定了好下楔哩。"

掌柜却说："先生急着是要走吗，这次来可不能让你很快就走的，我得好好款待你才是。过午了，回家吃饭吧，明日再来好了。"

柳子言被背了随掌柜回到姚家大院，掌柜却并没有让他去厢房用膳，而让人一直背他到厅房，掌柜则仰躺在睡椅抽起烟土了。一个泡抽完再抽一个泡，掌柜再不看他，也不说话，柳子言起身要往厢房去，掌柜突然说："柳先生也爱上我的四姨太吗？"冷不丁一句，柳子言脸唰地黄了，扶桌站了起来又坐下，说："掌柜，你怎么说这话？我姓柳的有什么冒犯了你吗？"掌柜说："昨晚出了一件怪事儿，有人想要再夺走我的女人，竟到了石堡去，先生是能人，你估摸这是苟百都吗？"柳子言心里作慌了，他想一定是女人逃走后，掌柜在追查了。一想到女人已经逃走，柳子言又暗暗得意，恢复了脸面，故意作惊道："四姨太真的接回来了？谁到石堡上去干什么？苟百都不是早被龙抓了吗？"掌柜就冷笑了："苟百都是死了，可惜学苟百都的人没他那身膘肉！德顺，你进来吧！"厅房里便有一人进来，竟是石堡那看守四姨太的老头。老头看了一眼柳子言将头就垂下了。掌柜说："姚家的下人出一个苟百都咬人的狗，可再没第二个对姚某人二心的人，德顺告诉我了一切。我现在只想问柳先生一句，你爱上我的那个四姨太了吗？"柳子言在刹那间天旋地转了，他恨死了这个叫德顺的老头，龙该抓的不是苟百都而是狗德顺了！自己英雄了一场，竟坏在一个卑贱的下人手里，柳子言知道他现在的结果了，却为女人将受到又一重的惩罚而叫苦不迭了。到了这步田地，柳子言还掩饰什么呢，胆怯什么呢？他虎虎地看着掌柜，突然说："是的，我是爱上四姨太了，我第一次到姚家来就爱上了四姨太！掌柜你杀了我吧！"掌柜一丢烟具，哈哈大笑不已，直笑得身子连同睡椅前后摇晃，说："柳先生真个坦白！我还可以告知你，你不但是爱上四姨太，四姨太也爱上了你！"柳子言叫道："不！这与四姨太无关，要杀要剐，我柳子言一人承当！"掌柜说："柳先生真是爱女人爱得深呀！我并不杀你，你是我请来的贵客，我还要酬谢你哩，你知道我要谢你什么吗？我就把四姨太送你！我虽然爱这娘儿们，我为她破过家，在她当了匪婆子还把她接回来，但我今早去到石堡里见了她，我决定就送你了！"柳子言直直看着掌柜，他估摸不出这老谋深算的掌柜说这话的真正含义，他站在那里不动，等待掌柜的突然变脸而吆喝了五大三粗的打手冲进来。掌柜却又在说："柳先生，难道你也不回谢我一句吗？"柳子言简直不能相信事情竟是这般变化，阴霾密布的天突然透亮，湍急凶猛的水突然拐弯平缓，狂旋的龙卷风突然消失了吗？他一低头颂答道："掌柜说话若真，那我多谢了！"掌柜却说："但我却也要你保证，一定要踏勘个吉穴给我！你今日草草踏了一下就说要定方位，我姚某就不能依你了！好吧，四姨太我先让她在石堡上待几日，几时吉穴踏成，你就带她走吧！"

整整踏勘了六天，真心真意地选好一处美穴吉地的柳子言爬到了石堡，出现在他面前的四姨太已是于那一日的早上被掌柜抽打一通鞭子将儿子降生，儿子却活活地在她的面前摔死了，而她也同时于掌柜的面，用石片从左额直划出四条裂口到右腮，说："你不是总爱着我这张脸吗？我现在一心一意是你的四姨太了！"柳子言看着毁了容的女人，他啊的一声惊跌在地了。几分得意的掌柜也觉得愧对了柳子言，几分歉疚地说："柳先生，我不该瞒着她毁容的事，望多谅解。娶女人就是娶一张脸，柳先生若不喜欢这个，姚某再送你个丫头女子，整头洁脸的乖巧人哩。"柳子言一下子跳起来，将女人搂抱住了！

用鸡毛粘好了脸伤的女人，从此再也没有了往昔的俏丽，那四条从左眉斜斜下来到右腮的疤永远留下了红痕，但柳子言用驴子领回到他的家屋，怜爱如初。他拥抱着这个千难万难方遂了心的女人，再不是旧日无能的男人，他是丈夫，尽着丈夫的职责。

他们在五年之后终于生下了一个儿子。

有了儿子，使这一对夫妇不再是为了过一种安静可心的日子了，他们幻想着在这个世界上，要活得顺心适意，有头有脸，必须是要当官的。他们商定要为柳氏家族选一个最好的坟地，大半生为了他人的幸福，柳子言踏遍了山山水水，现在他们是在为自己而选穴了。一头瘦小的毛驴子，载着已经花白了头发的夫妇，终于在一个雨后天朗的正午寻觅到了一个山嘴下。柳子言激动不已，满口白沫论说勘踏美穴的妙处，什么风水以山名龙，故山之变态千形万状，走垄之体转移顿异，其潜现跃飞变化莫测，唯龙为然。何以曰脉，是统人身之脉络，气血所由以运行而一身之禀赋，脉清者贵，浊者贱，吉者安，凶者兀，地脉亦然。什么龙要旺，脉要细，穴要藏，局要紧，砂要明，水要凝，化生开帐两耳插天，虾须蟹眼左右盘旋，明堂开睁砂脚宜转。他满口文言古辞，女人哪里听得明白，问这山嘴下该是什么穴，柳子言又得意指点，说那山嘴两边呈半环，环后有横峁，峁后又一山成大环抱，虽不是五山耸秀四水归朝，青龙双拥官诰覆钟，但却也是梧桐枝穴，此龙身枝脚均匀之格，梧桐枝双迎双送，两平势对节，分枝作穿心，该是祖宗儿孙相顾，至贵呢！女人乐道："好了，好了，我不懂你的这样穴那样穴，我只要我儿子当官的穴哩！"

柳子言自小没有了父母，被师父收养学道，他不知道自己的父母葬在哪里，坟墓拱好了，便做了先考先妣的灵牌安放进去，又为自己和女人拱了双合大墓，便宣布再不为人察识风水了。在儿子长到了十二岁，男长十二接父志，在一个早晨，夫妇俩烧了一锅菊花汤水沐浴，穿好了所有崭新的衣服，对儿子说："儿呀，我们不可能看着你长到三十四十，也不可能为你留下青堂瓦舍的一院房屋，百亩良田，万贯资产，可我们可以助你去当官。从今往后，你不要想着你的父母，也不要守在这个地方，你可以出外去干你的事了！这个世界这么大，你不会孤单，你会有许多大事要干的。"儿子是聪明俊秀的人物，听从了父母的话，磕下一个响头，下山而去了。

　　这父母骑上了毛驴。女人虽然老了，身架还俏，人依旧干净，头脚整洁不乱，却把一块印格手帕顶在头上，手帕太大了，四个角便遮了脸。柳子言说："今日暖和没风，遮得那么严干吗？"妇人说："不遮，难看呢。"柳子言端详着她，脸上皱纹是纵横了，五官却不多一分不少一分地端正，那四条伤痕虽是发红，他却看到了往昔的美艳，说："你一点不难看。你是天人，你原本是在天上，但你到了人间，桃花恨你，春风恨你，所以你尽受磨难，只有了这四道疤你才活得安生了！太阳这么好，咱要出远门，为啥要遮呢？"

　　妇人听从了丈夫的话，要骑上毛驴了，柳子言就去扶她，趁机要捏捏那一双精精巧巧的脚，再将一根柳条给她，让她当驴鞭。女人就说："你再捏，我可要抽打你了！"两人遂想起过去长长的一幕，相视在阳光下就全笑了。

他们一个在前一个在后，就这么骑着毛驴来到了他们的坟地，直走到地下拱好的坟墓穴里，便动手将墓坑中的砖石一块一块封了墓穴口。封得是那么严，没有一丝风可漏，没有一点光可透。柳子言说：今晚会有一场雨的，坟顶上的土能塌下来埋了墓道，咱们可以安安静静睡了。

该怎么睡呢？漆黑的世界里，女人并没有立即感到呼吸的紧促，她询问着柳子言，并撒娇地一定要柳子言扶了她睡了，且要双手就紧紧搂住她，让她头枕在他宽宽的胸脯上。柳子言按她的要求去做了。他们在这个时候听到了坟外风扫过墓顶，那几丛枯草摇曳着冷冷的金属声，有蚂蚁在叫，蚯蚓在叫，墓壁上爬动的湿湿虫释放着姜葱一样的气味。两人同时想起了过去的岁月，想到了那一切一切细微得不能再细微的细节，倒后悔忘了带一壶酒来，这些记忆是用盐风干了的肉丝，蛮能有滋有味地下酒呢。柳子言开始摸索着从身上解那件已经很旧很旧几乎稍稍一撕就破的红裹兜，妇人并没看见，却感觉到了，也伸过手来，拉平了，盖在他们的脸上。

"这是咱们的铭旌哩！"柳子言说。

"铭旌都是要写一生功德的。"妇人说。

"那上面不是有血斑吗，那就算咱自己写下的。"柳子言说。

两人无声地笑了。

"咱们的儿子会当了官吗？"妇人悄声又说。

"会的，这是一个好穴哩！"

"能做了什么官呢？"

"很大的官，真的，大官哩！"

十年后，四十里外的洪家戏班有一个出了名的演员，善演黑头，人称"活包公"。他便是柳子言的儿子。

柳子言踏了一辈子坟地真穴，但一心为自己造穴却将假穴错认为真，儿子原本是要当大官，威风八面的官，现在却只能在戏台上扮演了。

我们的时代和作家的命运 *

＊本文系贾平凹在复旦大学的讲演。

我只能讲陕西话了，讲不了普通话。七年前我在这儿作过一次报告，过了七年又来了，当然，当年的听众肯定已经都换掉了。我自己吧，个子也没有长，普通话也没有学会，所以还得用陕西话给大家讲。

　　到复旦这个地方，我特别有压力。我讲一件事情，十多年前，我到过山东的曲阜，曲阜一个书店把我请去准备签名售书。我到书店以后一看，那个书店门口马路对面正好是孔庙的一个偏门，当时我马上就拒绝了在这个书店签名。我说，咱整天讲不能在孔子面前卖书，竟然跑这儿来签书，我说这不能签，这犯大忌呢。那一次就没有签。

　　我说的意思就是到复旦来讲确实有压力。在这里讲谈文学，起码有两个人是特别要敬畏的，一个是创作的王安忆在这个地方，再一个是以陈思和为首的一批评论家在这儿。这两个人像两座山一样在这儿，谁来都得紧张，所以今天就不知道该讲些什么东西。结合这次在常熟开《带灯》研讨会时候我谈到的一个人的命运，简单谈一下我们处的这个时代和时代里我或者一批作家的命运应该是什么样子。

今天正好是端午节，看大家这么热情，我心里觉得有些内疚，因为我讲也不可能讲出什么东西来，反倒耽误大家时间。我这陕西话大家不一定能听懂，反正能听多少听多少。

有一年我到广西去讲课，当时汪曾祺老先生还在世，把我和汪老一块儿叫去了讲课。汪老很谦虚，说年轻人先讲吧，因为当时我也年轻，一晃，我也是当时汪曾祺那个年龄了。那天我讲了一个多小时，讲得满头大汗，我就问下边：我这样讲行不行？下边一声喊：一句也没听懂！然后再要讲吧，汪曾祺就给我当翻译，我讲一句他翻一句，我说干脆我不讲了，你来讲吧。

那次讲课对我打击特别大。了解我的人都知道，我平常不爱讲话，你叫我干活可以，但你叫我讲话确实有压力。我觉得在哪儿普通话交流还是方便，但是自己确实讲不了普通话。因为我上学的时候，我的小学老师、中学老师都不讲普通话，所以学生也没有学会普通话。现在我也上不了网，不会打字，严格讲，我是比较落后保守的一个人。

有好多记者问：你年龄这么大了，怎么还在写？确实，今年我已经六十多了。人活到六十岁的时候，不知道别人的心情是怎么样的，我是觉得很丢人，怎么一晃就六十了。现在大家都在讲中国梦，我经常也做梦，梦见自己大学才毕业。怎么一晃就六十了？

写了几十年了，还在写。其实记者意思就是问你为什么写作。谈到这个问题我就想到"命运"这个词，想到我是一个什么品种的人。人和所有东西一样，都是属于某个品种的。自己是一个什么品种的人，也就是说我自己处的时代，是一个什么时代，而在这个时代自己的命运应该是什么样的。我之所以谈这个问题，是因为我认为，世上任何东西，一旦生成他就有了生命，而生命是什么品种就必然会产生什么样的命运。

秦朝以前天下没有统一，没有统一必然就英雄辈出，也必然就百家争鸣，也必然就孕育了后来秦灭六国的战争。到了汉代和唐代，国势强大的时候，外国人来得就多，甚至外国人可以在朝廷做官，必然就有了颜真卿的书法，必然就有了我们现在看到的陶器的那种浑然大气，必然就产生李白那样豪迈的诗句。到宋代以后经济发达的时候，声色的东西必然就多了，就有了苏轼，也就有了《金瓶梅》这一批东西。而到了清末国运衰败的时候，也就出现了小气而且工艺特别繁复的那些景泰蓝啊，鼻烟壶啊，鸟笼子呀，清式的家具呀……

拿我自己来讲，我是五十年代人，是生在新中国长在红旗下的人，想想经历了多少事情，那个贫困的时期我知道，怎么吃不饱肚子的年月我知道，动乱的"文化大革命"的岁月我经历过，改革开放的三十年我也是一步步过来的。

对于这个时代，我觉得尤其这三十年吧，也是我进入文坛的三十年，这三十年中国发生了巨大的变化，可以说是社会转型发生的剧烈变化。这对一个国家、对一个民族来讲绝对是大好的事情，它由贫穷到富裕，由积弱到强大。但是对于生活在这个时代的具体的个人来讲，有他的幸，也有不幸，因为现在经济改革物质丰富了，可以吃饱饭了，户籍改革了，可以到处走了，人可以不钉死在一个地方了。而且社会改革以后呢，是骡子是马可以拉出来遛一遛，有多大的本事你都可以表现了。但是在这三十年里，人的创造力集中爆发的时候，人性丑恶的东西也在集中爆发。欲望膨胀，人都像疯了一样。确实是这样，咱经常讲，道德沦丧呀，素质低下呀，我不为人人不为我，就好像在十字路口上，没有红绿灯，大家都在那儿挤，谁也挤不过去。而且在现实生活中，你走到任何地方，有好多人都在愤怒，你也愤怒，你也烦恼，你痛苦但是你也无奈。这么大的国家，如果只崇尚权力和金钱，这是很可怕的，现在社会出现的贫富拉大、腐败成风、不守规矩、缺少秩序等一系列事情，都和这有关联。你在这个社会中得到了好多东西，同时又牺牲了好多东西，丢失了好多东西，所以说你是受益者，同时又是受害者。

有人说过，中国人吧，专制的时候，都是顺民；政策一宽松的时候，往往就变得很刁，变成刁民。所以，一有风吹草动一有革命，暴力就出现了。这三十年来，很多社会问题如陈年的蜘蛛网一样，你动哪儿它都往下掉灰尘，似乎还寻不到原因，好像人人都有责任，但是人人都没有罪。正因为生活在社会转型期，才形成了自己这一个品种，而这一品种，就决定了你的命运。

我是一个作家，我写作的命运也就定下来了，而作为作家，命运决定了我写东西无法逃避现实。你得歌颂这个时代，你又得批判这个时代，你既要鞭挞丑恶和黑暗，又要维护真善美，寻找光明也寻找一种希望。就如我经常讲的，我就像一个家庭的中年人一样，既要送终父母，感念上一辈人的恩德，为他们苦愁，他们去世以后，还要感激他们同时带走了这世界上的一份痛苦和病毒。但你又得养育你的儿女，因为你的儿女又可能因遗传基因再出现这样那样的病毒。

如果把当今的文学以书法来作比喻的话，不可能是孟昌明那样的舒展，而是像傅山的草书、何绍基的书法一样，那么歪曲着，那么变形着，那么纠结着，呈现出一种黑、野、粗、怪的现象。既然命运是这样，起码文学就得关注现实，忧患这个现实，要十分熟悉广大民众的生存状况和精神状况。我总觉得，我们身处的这个时代，尤其我这个年龄段的作家，不可能写出《春江花月夜》那样的东西，也不可能产生像《诗经》那样的篇章，不会有那么纯粹的一种写作。任何在书斋中的写作，结果都有可能像古书上讲的混沌一样。现在讲混沌是一种混元的东西，古时候讲它是一个有生命的东西，混沌出现的时候没有七窍，你一旦把它的七窍凿开，混沌也就死了。

面对这种情况，我想谈谈中国经验是什么。现在大家都在讲中国经验，在我的理解中，中国经验是几十年在改革中不断遇到的新情况和新问题，比如说贫富差距问题，分配的不公平问题，法制的不健全问题，信仰的丧失，道德的沦丧，人活得没尊严，等等。逐步消解或者说解决这些问题的过程，就是中国人为人类提供的自己的经验。

现在大家都讲现代意识，我认为现代意识其实就是人类意识，就是地球上大多数人都在干什么，都在想什么，都在向哪个方向迈进。现在中国既然不停地和世界拉近，想在世界大的氛围中走向进步，在走的过程中遇到各种问题，这些问题的逐步解决，就是为人类进步提供的一份经验。

中国经验是这样，那么中国文学中的中国经验又是什么呢？我觉得在文学作品里边，不仅仅是说一个故事，而是在讲这些故事的时候，在讲这些世情、民情、国情的时候，一定要注意故事背后的文化背景。也就是说，讲这些故事，都是中国文化的背景，都是在中国文化特定的环境下才能发生的故事，这样才能把中国文化方面的东西表现出来。

拿《带灯》来讲，我觉得外国人看了以后有些东西是很不了解的。这里边写到上访的问题，上访问题在外国就不可能发生，法制健全的时候有什么问题直接通过法院来解决。但中国人除了法院，还有一个上访。中国人有"青天"的意识，就是大的领导就能给他解决问题，只有中国文化背景下才可能发生这些事情。我觉得在写作过程中，一定要寻找你的故事、你的人物、你的情节，一定要在中国文化这种背景下充分展示，这样才能显示中国的世情、国情、民情，才能写出中国的味道，这种文学才能给世界文学提供一份独特的东西。而且你看到这些东西以后，才能知道中国目前发生的一切事情的根源在哪儿，哪些需要我们发扬，哪些需要我们改正。

《带灯》出版以后，有好多人采访我，问我在写这本书的时候最困难的事情是什么。我说最困难的倒不是这本书写出来能不能出版，因为当时写这本书的时候确实也有不出版的打算，因为我知道当时对维稳上访这方面还忌讳。写出初稿以后，我交给《收获》主编程永新和人民文学出版社编辑孔令燕，我说你俩看一下，他们看了以后都说没问题，可以出版，中国正需要这样的文学。我说那就交给你们了。当时发行的时候正好中央有一个文件出来，不能再堵截上访人。我说《带灯》的命运还好，一个人有一个人的命运，实际上，一本书也有一本书的命运。一本书一旦出版，它的命运就决定了，有些书给你带来好运，它的命运很好，有些书命运就不好。像我的《秦腔》《古炉》，命运都不错，出来以后反响还可以，卖得也好，也没人说三道四的。《废都》的命运就不好，一出来就禁止了，禁止以后它一直委屈了十八年，它就靠盗版延续生命。盗版有时让我觉得很生气，书印得一塌糊涂，书商把钱拿走了，我也拿不到钱，但要不是盗版就没有《废都》了。

所以当时记者问写这本书最难的是什么，我说就是我在选择故事、选择人物或者情节的时候，这些情节能不能传达中国文学深层的一些东西、一些内涵，我在选择材料的时候下的功夫特别多。再一个就是，我写这些东西千万不能坐在书房里、书斋里编造，一定要在真正的生活中让它生发出来，让它慢慢地透露一些东西。如果用水和火比喻的话，我写东西更主张选择水，表面上很温柔很平静，实际上里边很激烈。就说这一本书吧，写得越轻松，写得越平静，其实才越能渗透那种很残酷的东西，很丑恶的东西，那种令你很愤怒的东西。这是我讲的第一个关于命运的问题，就是我们所处的时代和这个时代作家的命运。

第二个问题，我就讲《红楼梦》的一些启示。中国人只要是爱文化的都得读《红楼梦》。《红楼梦》产生的年代并不是盛世，但大观园里边的故事都是中国式的故事。后人评价《红楼梦》，尤其评论家评论《红楼梦》，说《红楼梦》深刻地表现了当时的社会和文化，反对了什么，宣扬了什么，一切东西在《红楼梦》里边都能寻到。但《红楼梦》是如何写出那个时代，如何写出中国文化，如何写出了诗性的？主要的一点，我觉得是把大观园里边的人和事写得很足很饱很满。现在评论家表达对一部文学作品的看法，经常说这部作品有形而上的东西，有诗性的东西，有典型的意义，有深刻的内涵，但是往往使作家摸不着头脑，不知道怎么个写法才能表现那种形而上的东西，才能表现那种诗性的东西。

《红楼梦》给我一种很大的启发，就是只要你把人物写足写饱写丰满，把你要表现的事情写得特别圆满，任何所谓的意义它本身必然就产生了。我经常举一个例子，某个人身体很强壮的时候，你叫他担水他也能担，叫他耕地他也能耕，叫他搬运东西他也能搬。如果是个病人，你就什么也叫他干不了。所以说文学作品中的人物和现实中的人物是一样的，你把他写饱满了，一切东西必然就产生了，什么典型啊，什么意义啊，评论家轻松就能寻各种东西给你附加上去。

我这个年龄的作家，受传统的教育还是多一些，比如说担当呀，天下意识啊，责任呀这方面的教育还是比较多，所以脑子老想的是国家呀，民族啊。这不是矫情，确实是这样。我记得在邓小平去世前后那半年，我就莫名其妙有一种惶恐，老觉得世上要发生什么大事情了，每天睡觉起来睁开眼就有些惶惶不安。所以说，五六十年代这一批作家，你不让他们从这方面来思考问题，都是不可能的。而且他们在文学上所受的教育，都是三十年代以来的或者苏联的文学教育，都是革命现实主义那一套。我在大学学的文学概论整天讲的就是这些东西，所以也只能写现实生活。我二十多岁开始写作，写的都是当下生活，所以好多人说我是个贯穿性的作家，起码三十年来新文学任何时期发生的任何潮流，任何事情我都经历过，都看过，有些参与过，有些表面上没参与。为什么说表面上？因为文坛的是非我从来没有掺和过，我没有在文坛上说过张三说过李四的什么。我那儿的报社经常找些社会问题叫我来谈，比如说计划生育问题呀，高考问题呀。这些问题我当然也有自己的看法，但是不能什么东西都寻一些作家来谈，作家知识面也是很窄的，除过文学以外，别的什么都不懂。另外，我在报纸上露面太多，也受人骂，因为作家不是抛头露面的职业，实际上，如果按我的心性，我永远都不愿到哪儿去。我经常给人讲，你把我关在一个宾馆，把门锁起来关一个月两个月，我都高兴得很，只要从门缝里给我塞一些方便面，塞一些烟，房间里有一个电视就可以。我是不爱动的人，实在没办法才动。以前每次到哪儿，一见人多就语无伦次了，现在已经锻炼得可以了。现在这个水平都是被硬逼出来的，但是没有一个提纲提示，我还是讲不了。

有些评论家经常说，作家就应该好好潜心。我确实是潜心，从潜心创作这个角度来说，我是问心无愧的。但是潜心创作不适应这个时代，所以遗失了好多东西，比如发财呀，升官呀。中国目前的现实生活变化特别大，就拿农村来讲，现在的农村和六十年代到八十年代的农村完全不一样，所以认不准当前的时代确实就没办法写作。我现在看有些电视剧，一看就知道是胡编的。人和人交往，你说假话我一听就听出来，不管表扬我还是批评我，我一听就知道真假。文学作品也是这样，你是不是真实的，是不是编造的，一看就看出来了。

为了了解这个社会，这几年我一直坚持跑一些地方，一方面跑北京、上海、广州，别的城市我很少去，要去就去这三个城市。有时悄悄去了，偶然叫谁发现，比如这次学校就把我拉来了，但平常我到哪儿给谁也不打招呼。跑这三个城市，了解中国目前最先进的东西是什么，最繁华的东西是什么。

还有就是跑中国最贫困的地方，基本上西北一些贫困的地方我都去过。而且我最喜欢跑乡下，跑乡下自在得很，也不用和谁打招呼，最多我自己找辆车。两三个人走到哪儿，天黑就住到哪儿，吃到哪儿，我能看到好多东西，而且不浪费时间。我愿意看什么看什么，我愿意写什么写什么，随心所欲。让人接待可能省些钱，但是同时带来好多麻烦。

在北京开两会的时候，经常听到"盛世"这个字眼，现在确实是盛世，一台晚会、一场活动、一个开幕式花几千万特别常见。广场艺术这几年在中国也得到了极好的发展。但我跑西北一些偏僻的农村，看到的都是一些危机，有时就觉得特别矛盾，特别接受不了这种反差。

我偶尔进入上流社会参加一些活动，听到的看到的还有大家谈论的东西，和我在下边跑的时候经见的决然是两回事，是别样的人生，别样的生活，别样的滋味。所以有时我就想，在目前这种情况下，只能从两头来观察中国，才能真正地反映这个时代，才能有东西写，才知道自己的作品应该为谁写。

　　我上次在常熟也讲，我整天写农村反映农村社会的这些问题，但其实文学作品起不了那么大的作用。当年反腐小说特别红火，有多少贪官在看反腐小说？看的都是那些没有腐败的人。所以说真正有多少农民在看我的作品，应该很少。为什么我还在写，还在写这些事情，还在写《带灯》，还在写上访那些东西，还在写农村最基层政府的日常生活状况呢，实际上就是想引起更多的社会关注，引起大家来关切这个东西，引起大家来思考一些问题，引起大家共同想办法解决这些问题。作家永远不是开药方的，他只是把他看到的、想到的、要发泄的表达出来。

　　好多人问作家，你为什么写作，各人有各人的文学观，各人写作的目的不一样，动机也不一样，冲动也不一样。而我就觉得，得把我的想法表达出来，争取给后世留一段记忆。如果后世谁也不记得我了，但希望有人偶然在翻东西的时候，看到这本书，一看就知道那几十年中国确实是这样一个情况。

当年写《古炉》的时候，我就有一个想法，"文化大革命"时我十三岁，那时候还是中学生。我只读过初中一年级，学过的课程是一元一次方程，现在数理化方面一元一次方程以后叫什么名字，我都不知道。

当年"文化大革命"这么大的事情，别人在游行的时候，十三岁的我只能跟在后边喊口号，跟着人家跑。当时真正参与"文化大革命"的人现在有七八十了，有些已经离开人世了。我阅读过的关于"文革"的都是一些资料性的或者类似报告文学的东西，虽然也有一些纯文学作品，但不是专门从头到尾写"文革"，只是作为一个背景或者一个片段来写的。既然我能写，我就有责任把它写下来，当然以后别人也能写，就像苏联的卫国战争，参加过卫国战争的写卫国战争，没有参加过的后来也写，写得还不错，但毕竟是另一路子的写法，没有感性的那种东西。

《带灯》也是，因为我了解目前乡镇这一级的日常生活，社会最基层的事情，我应该把它写下来，这就是我的责任。当然，现在更年轻的作家，他们有他们这个时代的责任。江山代有才人出，后边的人就应该完成时代赋予他们的使命。

讲到这儿吧，讲的也没有啥意义，也没有啥意思，就是把我想的说说，因为我不知道该讲些什么东西。

好的文学语言

我来讲讲文学语言。

我不会正规讲课，无法把握时间。另一点，我的观点只代表我，对于文学语言的认识只是我在写作中的体会。所以，讲课期间希望大家用心领悟。如果有过写作实践的，可能听起来理解快，没有写作实践的，那就在以后阅读作品时参照我的认识去阅读。

语言是什么？有些教科书上或许会有许多定义，其实，每个人会说话就掌握了文学语言。口头语言和书面语言不同，而文学语言却是和口头语言一致的。但是，不是说你会说话你就能写出好的文学语言。有人说话有意思，有人说话没意思，这便是你说的话能否表达你要说的内容，能否表达得生动，能否表达得好听，即准确性、形象性、音乐性。俗话说：话有三说，巧说为妙。巧，就是准确、形象、音乐。要达到巧，达到好的文学语言，除了个人天赋外，里边仍有许多后天要认识的东西。今天我讲的，就是这些认识问题。

一、一句话，好的语言是什么

即能准确表达出人与物的情绪的就是好的文学语言。怎样准确表达出情绪呢？这就是搭配。汉文字大概有四千多个，四千多个字由你搭配。

搭配是一种实用。好的语言都是实用的。世上任何东西都是实用的，为实用而存在。美就产生于实用中。熊掌的雄壮之美来自它捕食，马腿的健美来自它奔跑。语言美来自能表达情绪。举例，鲁迅的一句话："墙外有两株树，一株是枣树，还有一株也是枣树。"大家公认是好语言，因为表达了情绪。什么情绪？一种寂寞、无聊、苦闷、无奈的情绪。巴金有一篇散文《坚强战士》，写一个战士负伤后爬回自己阵地的故事。爬了十天九夜。全部是短句子，全部用句号。（注意，标点符号是文学语言的一部分，它在搭配过程中起着极大作用。）这样写着：他抬起头来，天边有了星星。他抬了一下右手。他又蹬了一下左腿。他向前爬了一下。（大致如此。）这样的短句和句号，表达了他当时负伤的严重和爬动的艰难。

这些语言，没有华丽之词，都是口语，文字的搭配传达出了情绪。

二、如何搭配

要有质感。树皮是树皮的感觉，丝绸是丝绸的感觉。这种感觉在视觉上要舒服。往往有些字搭配在一起看着舒服，有的看着别扭。还有听觉，要听起来舒服。看着和听着舒服的语言常常就是人说的"这语言有味道"。味道是中国人对一种东西的肯定，就是有了独特的东西能引起注意（实际上好的文学作品就是掌握个味儿）。在搭配时，你首先要把握表达情绪，然后再注意所选用的文字和词句。中国文字是象形文字，有些文字就存在质感，你不能把一堆太轻的字用在一起，也不能把一堆太重的字用在一起。再是要搭配出节奏。这些都是很玄的事，无法用语言在这里讲出，需要自己去体会。我当年研究它时，我是从音乐开始的，有些歌好听，怎么就好听了？我不识音谱，用一种笨办法，就是我找画图纸把音谱标出来看线条变化，分析好听的原因。分析怎么搭配高低、快慢、急缓、强弱。我发现，快了肯定后边就慢，前边节奏急促后边肯定节奏长缓。寻它的一般规律，再寻它的独特规律。在节奏上，要有爆发力和控制力，有跳荡式、舒缓式，有戛然而止，有余音袅袅。世上任何事情都包含了阴阳，月有阴晴圆缺，四季有春夏秋冬，人有喜怒哀乐。我们看每一个汉字，它的笔画都有呼应，知道笔画呼应的人书法就写得好，能写出趣味来。学画画素描，如画树，要看出每一个枝的对应关系，把它们看成有生命、有感情的东西，你就知道怎么把一棵树画得生动了。

上边谈搭配，我只大概讲讲方法，具体要个人自己去体会。体会得好还是不好，有个人天赋才情问题，也有个人后天修养问题。

为什么说后天修养问题？什么人说什么话，有什么样的精神世界就会有什么样的文学语言。有人心里狠毒，写出的文字就阴冷。有人正在恋爱期，文字就灿烂。有人才气大，有人才气小，大才的文字如大山莽岭，小才的写得老实。讲究章法的是小盆景，大河从来不讲章法。黄河九曲十八弯，毫无章法，小河遵从规范，因为是小河。所有的名牌服装都是简略，没有那些小装饰，但做工特别精细。大人物特别小心。上海人的小处细致才产生了大上海。在一群人中，你往往能看出谁是大聪明，谁是小聪明，小聪明反应都快，撵着说话，但说得刻薄轻佻，大聪明一般不说话，说了一句就顶一句。兔子永远是机警的，老虎总是慵懒。

另一点，语言与身体有关。文学语言是口语的转换，患哮喘的人肯定说不了长话。语言节奏实际上是气息节奏。最好的节奏就是正常人的呼吸平衡。在书法上，你如果练《石门铭》，肯定长寿，因为它笔画舒缓，能血脉畅通。有些人写字，你一看，就知道书法人心脏或呼吸道有病。从这里又谈到标点符号，所谓标点符号就是气息调解，有人不明白这道理，乱用标点符号，或模仿别人长句子或短句子，刻意模仿，你读起来非常难受。楼梯阶是以人的一般步子跨度来定的，如果你不是急着上楼或是病人慢慢地下楼，你把梯阶扩大或缩小，正常人走起来都不舒服。

三、运用闲话

什么是闲话？就是把要说的人和事已经交代了，还再说一两句的那部分就是闲话。有些人不说。说的人，会说的人，这里就表现了才情，这里就促成了他的风格。这一点非常重要。凡是文体作家，有风格的作家，或者说艺术性高的作家都是这样。比如沈从文，他的作品到处都是如此。我这里不再举例了，他的书，你翻翻，顺这个思路看，就明白。

怎样用闲话？它需要想象力。想象力在文学中是最基本的也是最重要的。文学，换一种说法即虚构性写作。得明白掌握两点：一是会讲故事，二是会用细节。故事就是好的情节，情节可以任意编排，细节却必须真实了再真实，有了真实细节，再离奇的故事都有人信，没有细节，再真实发生的故事写出来人都不信。如果你的细节真实而具有典型性，你的作品就是不朽的作品。鲁迅的小说好在哪里？好在他有典型的细节。如血馒头的细节，如阿Q临死画圆圈的细节。想象力在你讲故事的时候需要，在语言运用上也需要，你没有想象力，就写不了闲话。人说某某才华横溢，指的是闲话，因为水盛满了杯子，还往出溢，溢的就是那些闲话。张爱玲的作品往往是交代完人与事后要说许多闲话，这些闲话从另一个角度来补充前边的话，像是在湖面上打水漂，一个水漂一个水漂闪现过去。

四、使用最节省的话

语言要让人记住，要让人眼前一亮，是因为你说得特别准确，一下子说到人与事的骨头上，或者你有什么比喻，用最平常的话说出了一个道理。但在叙述语言中，你得用最短的话把事情说清。炼字，这是古人的讲究。著名的如"春风又绿江南岸""僧敲月下门"。炼字的目的是增加动感，有现场感，所以都在动词上炼。如杜甫"牵衣顿足拦道哭"七字中四个动词。平时说文字的硬度、张力，指的就是会用动词。常说的文字的顽劲、皮劲，指的就是会说闲话。

五、还原成语

用形容词，这是给初学人用的。它的起源是面对了众多的形象一时说不清而概括了的词，但文学作品它需要形象而不是概括，你就得还原成语。作家的工作是把牛肉罐头还原成牛。如万紫千红，你要写出一万个怎么个紫一千个怎么个红。在文学作品中你运用成语多了，就是学生腔，因为小学生和中学生使用成语字典。会还原的人，不但还原成语，还善于还原所有的词。有的词的本义在使用中失去了，你一还原，就新鲜生动了。如发生，就是发了、展了、生了，现在人说发生，常说：发生了事故。我写了"三月去山东，春正发生"。如团结，我写"屋檐下有蜂团结"。如糟糕，我写了"冬天里，土疙瘩冻得糟糕"。

六、向古典和民间学习

这道理简单，我不多说。向民间学什么？当然，民间有许多十分好的语言，得留意。如一个人讲：风刮得像刀子。再一点，采集民间土语。陕西民间散落了上古语言，沦为土语，认真总结这些土语，你就会有许多可用的词，如"避""寡""携""欢实""泼烦""受活"等等。

七、追求语义的混沌

语言严格讲，讲究是无穷尽的。在结构上、节奏上、感觉上变化莫测，我以上谈的数点，还仅仅局限于中国古典和现代文学范畴中。自新时期文学以来，大量的外国现代文学进来，又使我们开阔了眼界。虽然中西文化背景不同、语感不同，有些不能硬模仿，如整段没标点的，如特别长的句子节奏和过分短促的节奏，但这些可以开拓我们思维，有的仍可以借鉴。尤其如一些叙述语言，如一些标点符号的运用，如一些节奏的变化，如一些在一行文字里或一句话中角色的转变、时空的转变。

如美国小说《在中部地区的深处》：

①"狄克先生，帮我个忙。"

②"德斯蒙德太太在敲门，你会想她在轻轻地敲门，可实际上她是在捶门。她给我带了一根黄瓜。我相信她认为我是个女人。进来，德斯蒙德太太，谢谢你，和我做伴，天气不错，喝茶吧。我会把黄瓜切片，弄碎，加上

奶油，做午餐，每片黄瓜就像我一样单薄。"

外国有意识流。中国人模仿，成了心理平面活动。但你读乔伊斯《尤利西斯》，则是另外的境界。如对话。如果中国人写，是："你吃了？""吃了。""吃的什么？""饺子。"《尤利西斯》是："你吃了？"问的时候看见了被问者身后的窗子，窗子上有一盆花。对方说："吃了。"窗子外一个小孩走过，小孩是某某的儿子，某某是个酒鬼，对方说："饺子。"想起上次他在某饭店吃饺子的事。他是把他目光看到的、听到的、联想的都写出来。写得十分混沌。

说到混沌。作品要写得混沌，不是文字的混沌，是含义的混沌。越是平白如话的文字而能表现混沌的意象，作品反倒维度更大。现代文学作品要有现代意识，现代意识是人类意识，现代文学的核心和灵魂是求变和创新，这一点，是另一个话题，留到以后去讲。最后，我还是回到混沌上来，我将我写在书房里的一句话写在这里："我是混沌雕不得，风号大树中天立。"这里的混沌，是《山海经》上讲的混沌，说混沌是个生命，没七窍，有人要凿七窍，凿了七天，到第七天，混沌有了七窍，混沌却死了。风吹树，是小树它就折了，是大树，大树仍是立着。

文学语言是一个迷宫，正因为是迷宫，才让我们产生追究它的兴趣。希望大家在写作时自己体会，在阅读时自己体会。

贾平凹小传

姓贾，名平凹，无字无号；娘呼"平娃"，理想于顺通；我写"平凹"，正视于崎岖。一字之改，音同形异，两代人心境可见也。

生于一九五三年二月二十一日。孕胎期娘并未梦星月入怀，生产时亦没有祥云罩屋。幼年外祖母从不讲甚神话，少年更不得家庭艺术熏陶。祖宗三代平民百姓，我辈哪能显发达贵？

原籍陕西丹凤，实为深谷野洼；五谷都长而不丰，山高水长却清秀，离家十年，季季归里；因无"衣锦还乡"之欲，便没"无颜见江东父老"之愧。

先读书，后务农，又读书，再弄文学；苦于心实，不能仕途，拙于言辞，难会经济；捉笔涂墨，纯属滥竽充数。

若问出版的那几本小书，皆是速朽玩意儿，哪敢在此列出名目呢？

如此而已。